心豊かに歌う ふれあい短歌集

老いて歌おう

2018

全国版 第17集

OITE UTAOU
National Edition
17th version

編集 伊藤一彦

編集協力 シルバーケア短歌会「空の会」

企画 社会福祉法人 宮崎県社会福祉協議会

鉱脈社

発刊にあたって

社会福祉法人宮崎県社会福祉協議会
会　長　佐藤勇夫

宮崎県社会福祉協議会が毎年開催しております「心豊かに歌う全国ふれあい短歌大会」は今回で十七回目を迎えました。今年も全ての都道府県に加え、台湾やブラジルなど、海外からも作品をお寄せいただきました。応募の受付をしました二カ月間で寄せられた作品の数は三五六九首、応募者数は二一一九人にのぼりました。八十歳台の応募者が六六四人、九十歳台が四四二人、そして百歳以上が十八人でした。八十歳以上の応募者が、全応募者の半数にあたりこの大会の特徴となっております。今年も応募者全員の作品（一人一首）を掲載した短歌集『老いて歌おう２０１８全国版第17集』が発刊できますことを大変嬉しく思っております。

また、こうしてたくさんの応募が寄せられるのも、御本人はもとより施設職員並びに関係者の方々のお力添えの賜物と深く感謝しております。

高齢者の方の作品からは、時には子ども時代に還ったり、かつて旅した地に思いをはせたり、時間も場所も超越した広がりを感じます。と同時に、その三十一文字に込められた家族や施設職員の方への感謝の気持ち、あるいは不安や嘆きなどの率直な思いが、ひしひしと読み手に伝わり深い感動を与えてくれます。アンケートを拝見しますと、「心豊かに歌う全国ふれあい短歌大会」に初めて応募したという方が高齢者の部で半数近くいらっしゃいます。また、作品に触れることで、学んでいる、励まされると感想に記しておられる方が多いことも非常に印象的でした。

本大会が、私どもが目指す高齢者の生きがいづくりや社会参加につながっていることに大変喜びを感じますとともに、今後ますます多くの方にこの歌集を手に取っていただけるよう、努めていきたいとの思いを強くいたしております。

最後になりましたが、大会の開催に多大な御支援をいただきました宮崎県をはじめ、大会運営、作品の選考などに御尽力をいただきました歌人の伊藤一彦様、歌集編集はもとより大会全般にわたり御協力をいただきましたシルバーケア短歌会「空の会」の皆様、そして短歌の募集に御協力をいただきました関係者の皆様に心から御礼申し上げます。

発刊によせて

宮崎県知事
河野俊嗣

心豊かに歌うふれあい短歌集『老いて歌おう２０１８全国版第17集』の刊行を心からお喜び申し上げます。

平成九年に介護施設でボランティアグループが開催した「出前短歌会」がきっかけで始まりました「心豊かに歌う全国ふれあい短歌大会」も、第一回宮崎県大会から数えて今年で二十二回目を迎えました。

今年も国内全ての都道府県に加え、台湾、ブラジルからの応募があり、また、最高齢は百四歳、最年少は十五歳と、幅広い世代の方々から応募をいただき、大変嬉しく思っております。

短歌には、三十一音の中に、詠み手の様々な思いが込められています。日々の何気ない出来事や過去の思い出を詠んだ作品、介護に対する感謝の気持ちやつらい気持ちを詠んだ作品、そして、介護に携わる方々の期待や不安を詠んだ作品等、この歌集には十人十色の作品が掲載されています。

この歌集を数多くの方に手に取っていただき、介護や支援を受けている高齢者やその御家族、施設職員、学生の方々の、それぞれの立場の思いに触れ、介護に対する理解を深めていただきたいと願っております。

さて、本県におきましては、全国よりも高齢化が進んでおり、地域社会の活力を維持・向上していくためには、高齢者の方々一人ひとりが社会を支える一員として、生き生きと御活躍いただくことが必要となります。

このため、本県におきましては、高齢者の方々が長年培った知恵や経験、技能や意欲などのシニアパワーを十分に発揮し、自分自身の状況に応じて地域社会で活躍していただけるような仕組みづくりや社会参加の啓発に取り組んでいるところです。

このような点からも、本大会が、介護や支援を受けている高齢者の方々の生きがいづくりの一つとして親しまれるとともに、介護を通じた様々な世代の思いを共有する機会として、ますます発展していくことを期待しております。


結びに、本大会の開催と発展、作品の選考等に多大な御尽力をいただいております歌人の伊藤一彦様をはじめ、歌集の編集や大会の運営等に御協力いただいておりますシルバーケア短歌会「空の会」様、そして、この大会に御応募いただきました皆様に、心から敬意を表しますとともに、深く感謝を申し上げ、巻頭の御挨拶といたします。

深い想いを率直な言葉で

選者
伊藤一彦

介護や支援を受けている高齢者、また高齢者を支える家族・施設職員・ボランティアの人達の短歌大会、すなわち「心豊かに歌う全国ふれあい短歌大会」も今年で十七年目を迎えました。それ以前の宮崎県大会と九州大会を含めると二十二年目になります。高齢社会を迎えてさまざまの取組がなされていますが、本大会は全国唯一の大会として発展してきました。この大会が単に長く続くだけでなく、大きく発展してきたのは、何より全国四十七都道府県および海外から熱心に寄せられる作品の多さ、そしてその作品のもたらす感動によるものと思います。

とくに百歳をこえた方々の御応募の作品は、同じ高齢者および家族を励ますものとして大きな注目を集めてきました。これまでの五年間の百歳以上の応募者の数は次のとおりです。

二〇一三年　二三名
二〇一四年　三三名
二〇一五年　二四名
二〇一六年　二四名
二〇一七年　二六名
二〇一八年　一八名

百歳以上の方がこれだけ多く、五七五七七の短歌で自分の想いを詠まれていることに、改めて驚きと喜びを感じます。

日本だけでなく、世界でもいろいろな高齢者の大会がありますが、百歳以上の人がこれほど多くの作品を寄せる大会はおそらく他にないでしょう。

雨の日は亡き母思う目に浮かぶやさしい笑顔いくつになっても
児玉シヅ子（104歳　宮崎県）

助さんや格さんばかりが活躍の映画眺めて暮らすのどけさ
木本　三郎（103歳　長崎県）

明日死ぬ明日は死ぬと思うけどこげんされるとなかなか死ねん
大保　文枝（103歳　宮崎県）

むすめたち小さいころの思い出は座敷にすわりお人形あそび
佐々木ハツネ（103歳　宮崎県）

大笑い二人《ににん》羽織でしわ増えた冥土の土産福来てうれし
松木　豊子（101歳　高知県）

さすが百年以上を生きてこられた方の深い想いが率直な言葉を通じて伝わってきます。

本書の出版に努力を惜しまれなかった、宮崎県社会福祉協議会、宮崎県長寿介護課、版元の鉱脈社、シルバーケア短歌会「空の会」の方々に心からお礼を申し上げます。

発刊にあたって
社会福祉法人宮崎県社会福祉協議会　会長　佐藤勇夫　二
発刊によせて
宮崎県知事　河野俊嗣　四
深い想いを率直な言葉で
選者　伊藤一彦　六
受賞作品　一三
高齢者の歌
今を生きる　三一
自分を見つめて　四九
感謝のこころ　六一
喜びと楽しみ　六九
家族とともに　八一
愛し恋する　九一
友人は宝　九七

想い出は胸に……………………………………一〇三
自然を友として……………………………………一一一
社会を思う……………………………………一二七
ふれあいを求めて……………………………………一三一

介護者の歌

家族の歌……………………………………一四七
職員、ボランティアの歌……………………………………一六一
学生の歌……………………………………一八五

応募作品に寄せて　伊藤一彦　二一一

「心豊かに歌う全国ふれあい短歌大会」事業　二一八
・応募結果　二三〇
・掲載者一覧　二三二
・応募施設一覧　二三七

心豊かに歌う　ふれあい短歌集

老いて歌おう

全国版第17集

心豊かに歌う全国ふれあい短歌大会

受賞作品

『要介護・要支援高齢者の部』

［最優秀賞］

百歳の母とふたりで車椅子なさけないのか幸せなのか

村方シヅ子（84歳　宮崎県）

私は黎明荘にお世話になり六年近くになります。同じ入居者の中に百歳になるお母さんと、八十歳になる娘さんが共に車椅子で仲良くしていただいています。毎日見ていますので、その事を短歌にしてみました。それだけの事なんです。認めていただきびっくり感謝です。ありがとうございました。

［優秀賞］

人生ってこんなものだと今朝思う生きるも死ぬもどちらも希望

五木田恵子（94歳　千葉県）

この度は思いもかけぬ賞をいただき、大変嬉しく思っています。ありがとうございました。（三女）

丸三年「ベッド」に伏せる吾が妻に添ひて寝たしと思ふことあり

平澤　英一（95歳　新潟県）

今回私の様な者まで賞をいただき、感謝致しております。早速帰り一番に家内の佛前に供えさせていただきます。次に私事ですが、五年前に家庭医に肝臓がんと診断され手術の上一年間の病院生活、その後現施設に週三回送迎していただきお世話になっております。介護士さんに迷惑の掛け通しで申し訳ないです。介護士さんは神様です。

施設にて自分が二人居る様な動きが鈍く別人の様な

樋本　晏宏《やすひろ》（79歳　長野県）

まさか受賞するとは思わなかったので、入賞したと聞いて、喜びで涙が溢れて、人の前でタオルを持って来る前に涙がこぼれてました。動ける時の自分と、動きが鈍くなってしまった今の自分。自分の動きが鈍くなり、人の世話になっているのが悔しい。こんなつたない歌を評価してくださりありがとうございました。

ホームにて笑いを込めて話すときいのちのことには互いに触れず

石田　進子（82歳　静岡県）

老々介護の中、私の入院で主人が施設に入り、夫を残しては逝けないと思いつつ、笑顔で主人と面会していました。三年続いた入退院中に主人を見送り、私が施設に入り同時に短歌を始めて一年が過ぎました。詠《うた》う事で病気の不安や寂しさが和らぎます。賞をいただき驚きました。夫の良かったね、の声が聞こえます。ありがとうございました。

あれも駄目これもするなは云わないで小さな役割老いの幸せ

脇本　鶴子（86歳　徳島県）

まさかの賞をいただきありがとうございます。超高齢化時代、家族に大切にされ何もしないでいると駄目になる一方です。残存機能を活用し、少しでも役に立つ様に頭も体も使い錆びつかせない様に最後まで無事《まめ》に過ごしたいものです。自分が出来る事の幸せを感じています。宮崎の青い空を思い浮かべて!!

失敗をしても同じ日ゴキブリを殺す力は残っています

渡部サイ子（87歳　愛媛県）

デイサービスから帰ってきた母が何時《いつ》になくしょんぼりしておりました。「失敗した」と一言。今朝、穿《は》いていったズボンとは違っていました。それでも、その夜見つけたゴキブリを丸めた新聞紙で叩き潰したとのことでした。母・渡部サイ子は、現在入院中です。受賞を大変喜んでおります。ありがとうございます。（長女・岡本秀美）

デイ通ふ僕は十七回も手術した傷だらけだと笑つて今は

山崎　政信（88歳　福岡県）

この30年の間、数えられない程の病気や怪我または大事故。三途の川を何度渡りかけた事か。今は休み休みで10メートルから20メートル歩く事が出来ており、週5回のデイ通いを生き甲斐としています。工作や塗り絵等を身体と相談しつつ楽しんでいます。作品はほとんど皆さんにプレゼントしています。生きている身体に感謝の日々です。

病妻に「エリーゼのために」を聞かせたく八十五にしてピアノを習う

尾堂　昭雄（87歳　熊本県）

闘病中の妻を励ますため、妻が好きなピアノ曲「エリーゼのために」を弾いて聞かせたいと思い、ためらいもありましたが音楽教室でピアノを習い、良き師にも恵まれて二年目に録音して聞かせる事ができ、大変喜ばれました。しかし、まだまだ練習しなければならないと思っています。この度の思いがけない賞に感謝いたします。

父の日に贈られてきしネクタイのモダンな模様老いを許さず

齊藤　正（91歳　大分県）

まさか入賞するとは思ってもいませんでしたのでびっくりしました。娘から送られてきたネクタイの模様がハデで若すぎると思いました。しかし、自分もできるだけその若い気持ちを大切にして頑張ろうと思い歌にしました。今年一月より三度の入退院を繰り返していますが、これからもこの入賞を励みに歌を作り続けていきたいと思います。

妻は呆けいやとは言えぬ丸投げの家事や買物今は生き甲斐

原岡　利徳（93歳　宮崎県）

五年ほど前、帯状疱疹《たいじょうほうしん》が元で妻に認知症状が表れ、急きょ家事一切を私にバトンタッチ。核家族では逃げられません。妻の面倒や毎日の食事に思案しながら、何とかやってきました。今では何の趣味もない私には唯一の生き甲斐に感じています。みんな自分のためだと思って毎日感謝の気持ちで暮らしております。二度の入選うれしく思います。

［佳作］

百すぎて定めし命《みょう》を生きる今ただひたすらに家族に感謝
明石　チエ（104歳　秋田県）

金メダル家《うち》の嫁さん世界一輝く笑顔百点満点
飯澤　ハル（95歳　秋田県）

おじいさん不安な気持ちどうかして先に逝った愛しき夫《ひと》よ
太田　セツ（94歳　秋田県）

更年期障害かなとの診察所見超傘寿の身でもそうなのかしら
庄司　志保（82歳　秋田県）

不可思議は夢で素直に歩きおり手足のしびれ何処にきえしか
恩田　つね（95歳　群馬県）

踊りやめ三味線床にそっと置き望み豊かにオカリナを手に
岩上　カヨ（92歳　千葉県）

年を取り遠い昔にもどれたら八方美人がいいですね
渡辺　春江（89歳　千葉県）

初めてのオムツ使用はずかしい汚れた時の頭まっ白
清水　孝（78歳　東京県）

加茂川の栗の裾野の岩ノ村ともに学びし友よいづこに
菅家　フサ（102歳　新潟県）

日が昇る心晴ればれすがすがし両手合わせ願いは一つ
林　アキ（99歳　富山県）

亡き夫《ひと》の二夜続きの夢枕和服姿は生前と変わらず
長谷川みつ子（92歳　福井県）

大根葉細かく切りて塩を振り熱いご飯でいただくと刺身の味がする
内川　文造（103歳　長野県）

夏のよい三歳《みとせ》はぐくみ月下美人見るまにしぼむ命はかなし
赤松美代子（100歳　愛知県）

ミニトマト今年のお初いただいてホホエミカエス　オホホノホッホ
海津　武秋（94歳　三重県）

延び過ぎしきゅうりの手入れ精を出す夕焼け空を妻とながめて
谷本　隆俊（91歳　三重県）

ばあちゃんについて行くよと駄々こねるひ孫可愛し三つ編ゆれて
杉木　滉子（91歳　大阪府）

老いにつれ恙無しやと問いくれるいくさ忘れぬ元兵士より
爲末　富江（98歳　大阪府）

独り居の窓を過ぎ行く救急車賀状の筆のしばし動かず
戸田　文江（96歳　兵庫県）

今言うて又言いよるんか言わんといてそれがわかればくり返さんものを
前田かず子（92歳　兵庫県）

ほろ苦き茶をたてくれし夫の面一人の卓に又よみがへる
伊喜利初子（91歳　和歌山県）

百均の種でも立派な夏野菜匠の技《わざ》と自画自賛する
長野　清己（78歳　和歌山県）

痴呆気の叔母をためさむと口三味線弾けばつばを手につけ安来節
北野　敦敏（75歳　島根県）

補聴器もこれが最後と注文の電話きこえず笑ふ他なし
中村美重子（92歳　山口県）

川柳と俳句と短歌のまぜご飯思いのままに作る楽しさ
藤本喜美江（95歳　山口県）

ひと休み『老いて歌おう』本よみて心なごむや青葉の小陰
水原　富子（89歳　香川県）

大笑い二人《ににん》羽織でしわ増えた冥土の土産福来てうれし
松木　豊子（101歳　高知県）

あやまたず夫に巡り会いし事老いて思えばそれだけで良し
岡本マサミ（94歳　福岡県）

Tシャツの絵はバスケット気持ちのみ若くなるとも足は走れず
高津　壽（85歳　福岡県）

私の乳は何所へといったやら捜索願いだしましょうかね
松熊フジ子（97歳　福岡県）

助さんや格さんばかりが活躍の映画眺めて暮らすのどけさ
木本　三郎（103歳　長崎県）

このごろは足がいうことききかないのしっかりしてと手が尻たたく
松﨑　靜子（90歳　長崎県）

たいようをのみこむごとくしんこきゅうこころからだもわかばのごとし
古閑　良一（84歳　熊本県）

返事せぬテレビ相手の日々多くこれではだめだと外出て歩く
宮成　幸子（88歳　大分県）

大根と厚揚げ煮込むその間おり鶴を折る千羽になさぬと
久保　千代（97歳　鹿児島県）

探し物出て来た時のあの喜悦高齢《とし》に賜わる特権ぞかし
岩切　光明（92歳　宮崎県）

年老いて足をすべらし骨折すあまりの痛さに口まですべる
大内田昴久（91歳　宮崎県）

思ひ出の一番は延岡空襲鐘の音ききつつ燃える家消しき
太田喜代子（104歳　宮崎県）

明日死ぬ明日は死ぬと思うけどこげんされるとなかなか死ねん
大保　文枝（103歳　宮崎県）

雨の日は亡き母思う目に浮かぶやさしい笑顔いくつになっても
児玉シヅ子（104歳　宮崎県）

むすめたち小さいころの思い出は座敷にすわりお人形あそび

佐々木ハツネ（103歳　宮崎県）

百歳まではガンバロと共に誓った親友の我より先に黙って逝くなり

椎　ヨシコ（99歳　宮崎県）

ホームにて我が子の足音覚えたり寝たふりすれば髪なぜて帰る

杉田　樹子（96歳　宮崎県）

滑るなよとまった俺の禿げ頭居心地いいかハエがチューを

園田　睦康（89歳　宮崎県）

世のおかげ百歳を生きいつの日かおだやかなれと日々祈る「感謝」

福澤　サヱ（100歳　宮崎県）

枕もとに声かけくるは夫かしら娘に起こされて仏前を見る

松野テル子（93歳　宮崎県）

まひの息子《こ》を残して逝《い》けぬ母なれば一日《ひとひ》を延ばす気力で生きる

溝上　カズ（91歳　宮崎県）

頼まれて年甲斐もなく腕まくり現職気分六法を見る

溝邉　昂（90歳　宮崎県）

なつかしと軍歌楽しむ媼あり吾《あ》は戸惑いて孫らを想う
宮田　治子（87歳　宮崎県）

宝くじ当たるといいなこの世の夢ナースにお礼と電動車イス
山元　次信（77歳　宮崎県）

夏空にひこうき雲がほぐれゆく絶食の身はおきざりのまま
吉川　信子（77歳　宮崎県）

『介護者の部』

[最優秀賞]

男手におむつ替えおりわが母の目にはかすかに涙にじむも

杉田　一成（71歳　宮崎県）

妹とわたしは交替で、実家に住む九十一歳の母と寝食を共にし、食事や風呂、洗濯などの世話をしていました。平成二十九年歳末、母は腰が立たなくなり、おむつを着用。介護が素人のわたしは、朝必死でおむつを交換。交換する時、母は何も言わず、目に涙をにじませていました。寡黙な母の複雑な心境を思ったのです。

［優秀賞］

マスクはめ具合悪そなおじいちゃん風邪かと問えば入れ歯なくされ

唐木　直子（53歳　静岡県）

デイサービスを利用してくださるお洒落で陽気なそのお方。ある朝マスク姿で元気のない様子が気になって声をかけると「入れ歯をなくしてしまってね」との答え。「それはお気の毒に」と言いつつ思わず二人で大笑い。介護現場では笑いや喜びもたくさんあります。そんな些細な笑いを詠んだ作品が受賞となり大変うれしく思います。

盲目の義母の食事を介助して口を開けろと指つねる妻

黒木　直行（75歳　宮崎県）

グループホームにいる義母は九十二歳。夏に別の施設にいた九十五歳の夫が死去。しかし義母は気が付かずじまいです。認知症です。そして盲目。職員の皆さんにはお世話になっています。せめて訪問した時は食事の介助をと思っていますが、やはり実の娘の妻はちがいます。口を開けさせようというのでしょうか。指をつねるのです。

だれんごつ母のくちぐせだれんごつベッドの母がだれんごつしな

武　ナミ子（77歳　宮崎県）

入賞の通知をいただき、びっくりしてます。以前母も佳作入選したことがあります。見舞いに行き帰りぎわの母の口ぐせは「だれんごつしな」でした。百五歳になる今はその言葉も少なくなりました。入賞した事を母にありがとうと言いたい。人とのふれあい、自然を詠《うた》っていきたいと思います。

［佳作］

つなぐ手のしわとぬくもり尊くて深みのある手に私もなりたい

半田　圭子（48歳　秋田県）

「先生」と私を呼ぶ利用者は私にとって人生の大先生である

栗田　茜（24歳　山形県）

耳澄ませ人生のぐち聴いたときおもわず出そううちにきません?

田中　弘子（73歳　大阪府）

「もういいの」「も少し食べる」「偉いなあ」食事介助はこの繰り返し
松田　容典（81歳　和歌山県）

フラミンゴのように片足もちあげて母にはかせるピンクの股引
丸井　友子（70歳　香川県）

庭に咲くカサブランカの一輪のその香をベッドの夫と分かちぬ
加藤美恵子（80歳　福岡県）

病む母の罵る言葉逃げ出して耳ふさいでも心が痛む
中本　昌子（70歳　沖縄県）

「生きちょったと？」真顔で母は尋ねけり今までおれは死んでいたんだ
赤澤　孝（67歳　宮崎県）

おばあちゃんこんなに寂しいものなのねとても静かな一人の食事
松葉ゆうか（18歳　宮崎県）

今年は移民史百十年と祭典を楽しみていいし妻は去りたり
梅崎　嘉明（95歳　ブラジル）

高齢者の歌①

今を生きる

思いきり声だし歌をうたいたし声はかすれてじだんだの吾《われ》
天野敏恵（86歳）北海道

まなじりの涙拭かずになきがらのかたへに伏して通夜眠られず
矢野茂治（90歳）北海道

青い鳥何年さがせど見つからず今の時代が青い鳥かも
櫻井ユウ子（85歳）宮城県

百歳の仲間のちからいただいて楽しく過ごしがんばる毎日
鎌田キヌ（84歳）秋田県

手料理真心込めて友達に頭つかって人生過ごす
佐藤ミヱ（90歳）秋田県

更年期障害かなとの診察所見超傘寿の身でもそうなのかしら
庄司志保（82歳）秋田県

年あけておのが寿命の一里づかめでたくもありめでたくもなし
福田長蔵（98歳）秋田県

欲張りか八十七歳のこの体継ぎ接ぎしつつも後十年ぞ
川瀬恒子（87歳）福島県

隣人の呼び出しベルの壁伝ひわが枕辺に聞こへ来るなり
栗城三枝子（65歳）福島県

水いらぬ手作りばらの贈り物仕事いそがし足早に帰る
黒羽信子（84歳）福島県

母逝きし年齢もこえたりわれひとりどこまで行くや見えざる道を
田口稔子（93歳）福島県

車椅子私を運ぶ便利屋さん足を延して一、二、三
太田静江（94歳）茨城県

農に生き農に果てるぞわが運命《さだめ》リハビリ信じわが人生《みち》を生きる
成島忠一（89歳）茨城県

リンゴ狩り病後の我は居残りで一人淋しく山を眺める
村田美佐子（84歳）茨城県

年いくつ八十七と答えれば追いこせないぞわし九十五　岩瀬文子（86歳）栃木県

デイサービス傘寿過ぎてもまだ若手卒寿になればさあこれからさ　宮澤久夫（85歳）群馬県

あへぎつつ卒寿の坂に振り向けば逢ひも別れもなつかしきもの　浅野和子（94歳）埼玉県

二ミリほどの小さな虫をすりつぶすとっさの手わざ　あ！ごめん　石田満里子（92歳）埼玉県

左手人生六年欲ばってでも人に役立つ日々をめざして　渡邊信子（85歳）埼玉県

怪我をする痛い痛いの日々なれど人の痛みを我が身に思う　朝見文江（82歳）千葉県

細胞は萎えるものとか知りながら春夏秋冬追うて愉しむ　安部　潤（80歳）千葉県

踊りやめ三味線床にそっと置き望み豊かにオカリナを手に　岩上カヨ（92歳）千葉県

若き日の初恋時に思い出す老いても心ときめき持ちたし　柿沼小夜子（70歳）千葉県

東京のオリンピックまであと二年健康第一それまで頑張る　熊澤登喜（91歳）千葉県

グラウンド若き球児の響く声終の住家で夫婦して聴く　黒野睦子（75歳）千葉県

山深くこぼをし咲くや君と行くなつかしくかな思いつめにし　高橋輝子（97歳）千葉県

介護受く我が身なれども七夕の短ざくに記す明日への希み　松岡和子（82歳）千葉県

さしすせそじばばきょうだいあいうえおまいにちそうじのかきくけこ　松本輝生（85歳）千葉県

ご先祖様年に一度の里帰り二泊三日ただ忙しい
松本英子（80歳）千葉県

年を取り遠い昔にもどれたら八方美人がいいですね
渡辺春江（89歳）千葉県

心身の衰え感じる卒寿坂過去偲びつつ明日へと歩む
岩田咲子（94歳）東京都

車椅子これは私のマイカーよどこでも行ける魔法のじゅうたん
榎本道子（86歳）東京都

元号の変わると聞きて四時代生きてみますか後二年
老田千代子（92歳）東京都

夕焼けを共に歩きし亡き友を偲びつつ一人杖をたよりに
沖浦富士子（82歳）東京都

言語療法「夏の終わり」を歌ってるはっきり大きく歌いたい
片岡みち子（71歳）東京都

見つければ必ず殺すゴキブリ蚊現状できる社会貢献
川﨑徳雄（73歳）東京都

七夕に願い込めてもだめならば今度こそはと火星に祈る
佐藤正一（61歳）東京都

聞いても聞かれても意味が解らぬ高齢者
早坂克也（87歳）東京都

介護うけ自分の足で歩くまでやるぞリハビリ　リハビリダァー
廣瀬　隆（68歳）東京都

装具つけ汗かきながらリハビリよ歩く夢みてはげむ毎日
加藤洋子（81歳）神奈川県

いつ迄も冬物はなさぬ吾なれば若き看護師苦笑いする
長草津矢子（95歳）石川県

梅雨晴や衣更えして腰痛め年には勝てぬ米寿の祝
穴水鈴子（87歳）山梨県

天空の日本一の星シャワー阿知の夜空を寝転んで見る　立見恵子（74歳）山梨県

阿《あ》・吽《うん》の言葉の意味知りたるや八十路半ばの三尺寝《さんじゃくね》で　森嶋敬子（85歳）山梨県

近づけば寄り来る金魚愛らしく一日一日が心いやさるる　井口寿子（95歳）長野県

年金が備への糧に老いの身を吹き寒む経済《かぜ》に辛く身に泌む　櫻井　章（91歳）長野県

心良く生き行く力仕事なり生まれる仕事伸び行く仕事　梶山誠次（81歳）静岡県

久々に会いたる友と語りしが名前忘れてそのまま帰る　藤川フミ子（88歳）静岡県

白杖の我が手にふれるいたわりのぬくもり今日も悔いなき一日《ひとひ》を　森　すづ（83歳）静岡県

お出かけに忘れてならん一本杖入梅過ぎて暑い夏が来る　大竹光男（85歳）愛知県

六年のデイの施設を去る日来て梅雨の晴れ間の庭を巡りぬ　田中耕治（80歳）滋賀県

歩行器で今日もがんばるリハビリを歩ける事が目にうかびけり　濱野ケイ（80歳）滋賀県

戦後生き何時のまにやら九十路《ここのそじ》後の年月感謝で暮らそ　保木ふさ（95歳）滋賀県

毎日のおかず考えスーパーにひとり暮しのさみしい男　生源寺治行（75歳）京都府

親は亡し子は離れわが病む体「サポートハウス」におのれ介護す　髙見美代子（79歳）京都府

バス停の嫗突然スクワット我もつられて踵上げ下げ　藤野美津子（84歳）京都府

半世紀頑張り抜いて気がつけば友妻《ともつま》去りて老いの道行き
吉田數雄（90歳）京都府

年月の流れの速さ思い出もぼやけて見える今日この頃
長内忠幸（76歳）大阪府

爪が割れパチンパチンと整えるマニキュアを塗り若返る私
門林美代子（87歳）大阪府

元気だよ笑って返す電話口この痛む足誰に告げよう
木山　満（84歳）大阪府

うちわ持ち扇いでもなお暑すぎるもうすぐ私溶けるかもね
根来ハナ子（92歳）大阪府

熱帯夜涼しい所を探してはようやく眠りにつけるかな
根来秀雄（74歳）大阪府

キラキラと輝く小道二人旅ゆらゆら揺れて肩くみ歩く
分林美惠子（64歳）大阪府

九十三の齢迎えてこの先はいくつ増えるか天命をまつ
岡田みよ子（93歳）兵庫県

逝く先のリビングウイル書き記し心安らぐ梅雨晴の朝
瀧口早苗（90歳）兵庫県

除夜の鐘響く命に幸多く外は初雪ひらりと窓に
田中多智子（88歳）兵庫県

独り居の窓を過ぎ行く救急車賀状の筆のしばし動かず
戸田文江（96歳）兵庫県

人の道走れ走れは昔ごと今はゆっくりころばぬように
林　武治（95歳）兵庫県

大雨で一人で過ごす夜こわし避難も出来ず明け方待つ
村上さかゑ（89歳）兵庫県

大雨が降り二日も三日も雨やまず困りはて
吉井りと（89歳）兵庫県

この言葉忘れまじきとペンを取るノックの音に早や忘れかな　米倉ます子（90歳）兵庫県

「生きている」との一声にむねなぜおろす今日の夕ぐれ　米田智惠子（94歳）兵庫県

初生りの胡瓜のひげのとんがりて今宵の当てはたこ酢にしよう　百地初子（91歳）奈良県

降る雨と延び行く草に追ひ付けず老いの手のろくいらだちの日々　好村成子（88歳）奈良県

本が好き知識を増やす思い出のはるかかなたに心も飛べる　磯野周子（95歳）和歌山県

足と手がほしくてたまらん気がつけばカエルになりて人に嫌われる　兒嶋キクヨ（89歳）和歌山県

見えずとも天気のよい日は光ありふと隙間から青空みえる　谷山慧子（80歳）和歌山県

在宅のさんそ嫌々して落ちこんだ自然のままで今は晴ればれ　寺西昭子（85歳）和歌山県

朝晩の導尿いるが口目耳すべて元気で健康生活　鉢本都美（89歳）和歌山県

初めての大人の塗り絵教わりてなんとか鯉が泳ぎ出すなり　松下加惠子（69歳）和歌山県

卒寿過ぎ白寿までもと欲が出て朝な朝なのテレビ体操　柳瀬規佐子（94歳）和歌山県

透析に血潮は廻るコトコトとかすかな音は朝日と共に　田中雅子（69歳）島根県

午前二時あかりともして短歌詠む独り暮らしの楽しい時間　大森志津江（97歳）岡山県

毎日が鈍い痛みに悩まされ「悪い子するな」と膝に呟く　阿部サカヱ（85歳）広島県

年老いて孫のおやつに手を出せば食べたばかりと取り上げられる　栗栖スミヱ（89歳）広島県

早起きに損ひとつなし健康でやる気満満腕が鳴るナル　河野雪子（91歳）広島県

市《いち》に出す野菜作りに忙しくあっという間に八十路迎え　小坂島子（80歳）広島県

ありし日の古里偲びなつかしく夢つづりつつ深く寝入りぬ　下原治二（92歳）広島県

その日まで頑張りますのでよろしくね欅若葉の緑がやさし　吉持清子（88歳）広島県

補聴器もこれが最後と注文の電話きこえず笑ふ他なし　中村美重子（92歳）山口県

刺繍針に糸通さんと頑張れど指が動かぬボタンがつかぬ　中本節惠（85歳）山口県

リハビリの号令に合わせてひも体操やる気あれども身体動かず　久継尊子（72歳）山口県

目のために緑はいいと聞いてより毎朝遠くの山を見ている　宗田美佐子（74歳）山口県

送迎のバスの窓より見る景色二度目の夏が巡ってくるよ　谷口俊子（80歳）香川県

七人の兄妹すべて早く逝き老人ホームで卒寿を迎ふ　塚原静雄（90歳）香川県

満杯の冷蔵庫に宅配来入れる場所なく途方にくれり　岡部三和江（85歳）愛媛県

失敗をしても同じ日ゴキブリを殺す力は残っています　渡部サイ子（87歳）愛媛県

平家の裔《すえ》　公卿《くげ》の落胤《らくいん》名刹の娘《こ》日替りの虚言《そらごと》にあくびする花　大岸由起子（90歳）高知県

無人駅一人となりて息つぎぬ眼科への道足取重し
青木和子（89歳）福岡県

手の甲の皺ひっぱれば一筋の万里の長城あらわれにけり
生田カツミ（94歳）福岡県

いりません封筒の中請求書デイの料金にふざけてみたり
伊藤君子（80歳）福岡県

過ぎた歳二人暮しに珍吻《ちんぷん》な曜日のずれの押問答《おしもんど》冴《さえ》
井上伊八（83歳）福岡県

送迎車来たので慌てて杖とりへとりに戻ればかぎを忘るる
内野ヒサヨ（87歳）福岡県

生きがいに株を友とす経験を生かして目指す人生百年
大川俊昭（87歳）福岡県

姑は老いてゆく身の哀しみを折に触れては我にもらしき
相良厚子（80歳）福岡県

傘寿で我が身に老いを感じるも今日も生かされ明日も生きたい
嶋田ミユキ（80歳）福岡県

手の甲へ湿布はるのも難しい甘えてみよう寮母えらびて
飛松裕子（90歳）福岡県

宝クジあたりもせずがゆめをみるアンパン買って満足したり
中堀三代吉（69歳）福岡県

生れ来てなきはのかおしらずぶつもんに入り幸せな日々
中村誓有（89歳）福岡県

いろはかるた呆け防止にと諳んじて転ばぬように金剛杖も
秋吉喜美代（94歳）長崎県

助さんや格さんばかりが活躍の映画眺めて暮らすのどけさ
木本三郎（103歳）長崎県

このごろは足がいうことききかないのしっかりしてと手が尻たたく
松﨑静子（90歳）長崎県

律義なる腰折れふかき九十歳むっつり雛に笑顔を返す　横田節子（93歳）長崎県

一人来て一人で帰るよみの国今日も楽しく一日終る　市下宗治（89歳）熊本県

梅雨の空心は晴れて暮らす日々体も元気頑張っていく　木村ミツ子（88歳）熊本県

たいようをのみこむごとくしんこきゅうこころからだもわかばのごとし　古閑良一（84歳）熊本県

くもり空デイサービスに行く朝は元気出るよう赤いシャツ着る　境　タカ子（85歳）熊本県

住みなれし坪井の家も変わらずに五年の月日思うこと多し　鈴木京子（92歳）熊本県

今日もまたうれしきことのひとつふえあすへの活力湧いてくる　竹川千里（96歳）熊本県

我思う介護保険と財産と考え出すと胃の痛みあり　田嶋キエ子（90歳）熊本県

若がえり気持は二十代《はたち》思いつつおんとしわすれ脳トレはげむ　谷口デイ子（88歳）熊本県

憚《はばか》らず涙流せる夏の雨愛児《まなご》沈めし川渡りゆく　広瀬好美（92歳）熊本県

レントゲン撮りて心がさわぐのみどうもないなら祈りてあんど　村上恭子（87歳）熊本県

いつかまた普通に歩くこと信じ歩行訓練今日もはげみて　雪井早苗（81歳）熊本県

安眠の妨害だった蚊のための今は蚊帳張り蚊は蚊帳の外　米川京子（86歳）熊本県

あの頃の変わらぬ味をつくりたい元気になって月隈《つきくま》まんじゅう　諫山佳世（60歳）大分県

女の子痛む右足右腕にやさしさふれてああ勘違い　井上豊彦（60歳）大分県

朝ごはん一人足りないテーブルにさみしく思う今日このごろ　井上美代子（84歳）大分県

としかさねしわしわの足くろい足いくたのくなんのりこえてきた　甲斐孝子（93歳）大分県

寝る前に考える事眠れない服を着る頃痛みだす足　栗原喜久子（83歳）大分県

家に居てポケッとしながら外を見て何かいいことありませんか？　鈴木正行（72歳）大分県

ねむたいな眠気覚ましにコーヒーを飲んでみたけど睡魔に勝てぬ　高倉隆一（69歳）大分県

デイケアで年も忘れて短歌つくりした事ないが宿題にしよう　高瀬眞實（89歳）大分県

年かさねひいた手を今孫が引きゆるゆる歩き余生楽しむ　利光喜代子（82歳）大分県

大正と昭和平成ながめきて生きていたいよ新年号も　中島好香（78歳）大分県

朝ごはんなにを食べたかわからないイワシ食べたのだけ覚えてる　楢原タツ子（93歳）大分県

にわか雨相合傘で肩濡らし軒下借りて雨宿りする　松岡静子（95歳）大分県

返事せぬテレビ相手の日々多くこれではだめだと外出て歩く　宮成幸子（88歳）大分県

びっくりだ救急車だ病人だ近所みんなで右往左往す　吉田キクノ（83歳）大分県

字が下手で頭が悪く耳遠い我れの仲良しメモ紙ばかり　若狭千代子（93歳）大分県

大根と厚揚げ煮込むその間おり鶴を折る千羽になさぬと　久保千代（97歳）鹿児島県

リハビリの坂行く日日のわが顔に街路樹の風涼やかに吹き　海勢頭幸枝（74歳）沖縄県

目が覚めて今日も元気安らかに祈る心はふるさとのこと　宮良　秀（96歳）沖縄県

朝起きてコーヒー飲んで目が覚める外を眺めて散歩に出たい　山田清正（83歳）沖縄県

書き初めを書いて今年の事始めチャンスを生かし出来る事から　安倍アヤ子（84歳）宮崎県

年老いて思わぬ事故に車いす自由な身体を夢見て生きる　荒武房子（86歳）宮崎県

いつまでも長く生きると楽しく朝起きて今日も楽しく　有田義明（88歳）宮崎県

まごたちにめいわくかけずいつまでもがんばれるよう元気に過ごす　有水ケイ（89歳）宮崎県

雨が降る毎日毎日家の中歩行器ぬれて散歩に行けない　石川種子（78歳）宮崎県

「もうだれた」　黙って励むリハビリにふらつく足で床踏みしめる　石川文雄（84歳）宮崎県

平成の時経つのが早いこと高速道路の車のごとく　伊東トミコ（86歳）宮崎県

シュークリームほほばる笑顔のシミシワを消すてふ信じるコマーシャル　岩切令子（91歳）宮崎県

高い山見上げて元気山歩き疲れて休む元気な男　岩下敏之（87歳）宮崎県

病院の主治医の言葉重かりし弱れる心にずしんと響く　植野ヨシ子（81歳）宮崎県

満足に動かぬ手足ぎこちなく励むリハビリ治ると信じ　及川　功（58歳）宮崎県

東の窓より朝陽が登る日向の国にわが室屋《むろや》を持つ　大西淑子（92歳）宮崎県

空に鳶《とび》川面に鴨の浮く町で妻病み臥してふた夏過ぎぬ　岡田道雄（86歳）宮崎県

同期会八十五歳でおわったなぁ十年たったか　百までがんばる　小川徳吉（95歳）宮崎県

坂道で足が止まらずあわてる娘年よりも足が先に越していく　小川ノブヨ（87歳）宮崎県

スマホみてよろこぶままのかおを見るきょうもいちにちガンバレルカモ　押川祐造（67歳）宮崎県

卒寿後の急な坂道六十度目差す白寿の景色が見たい　押川義行（93歳）宮崎県

健やかに後二年なる五輪まで画像見れるか八十二歳　甲斐関雄（80歳）宮崎県

ふりむけば昼寝で笑顔たのもしい元気のもとは夢うつつ　垣手　亘（92歳）宮崎県

初夏の日に車いす乗り散歩した竹笛聴けば昔を思う　金丸スズ子（85歳）宮崎県

もう二度と歩けはしないと言われたがリハビリ頑張り一人で歩けた　金本三八子（76歳）宮崎県

誕生日ピンクの花を抱かされてフィリピンの花と聞き涙落つ　川上鈴子（98歳）宮崎県

いつまでもながくはないがきもちだけまけてはならぬがんばりますよ　川越昌子（96歳）宮崎県

日記書く中身分らず困ってるそんな時には名前と住所　川崎久子（97歳）宮崎県

やめれない焼酎飲みがやめれない私も飲みたいしあわせだねー　河野千代子（82歳）宮崎県

いえぬればいいで湯の里を後にせん別れのあした風花の舞う　岸本玲子（87歳）宮崎県

あさおきてめざましどけいうるさいとなげすてるかななげすてるかな　黒木栄進（68歳）宮崎県

午前二時眠気まなこで茶をすするトイレの神が私を誘う　黒木キヨ子（91歳）宮崎県

待ってるよ早う帰ろうよ母は云う父の墓前には一人で参る　黒木クニ子（81歳）宮崎県

懸命に母の年まで生きてきた喜怒哀楽の道はけわしく　黒木敏子（84歳）宮崎県

はつもうでかみもほとけもみなまいるかぞくのけんこうおねがいします　甲川ハツエ（82歳）宮崎県

園よりの依頼を受けし和歌作り我足痛し上手く出きずに　合谷ヨシ子（98歳）宮崎県

リウマチに好かれ憑かれて早や九年折り合いつかず今や我が友　小峯絹代（68歳）宮崎県

わかものにまけないようにかみそめる五さいわかくなったでしょう　坂元一子（72歳）宮崎県

六月はわが子の命日思い出す元気な姿今もまぶたに　坂元重勝（74歳）宮崎県

二十年未だに残る後遺症剣山の上を歩いているよう　澤　安子（72歳）宮崎県

ゆっくりとつま先立ちを二十回トイレのあとに願かけのごと　新藤尚代（74歳）宮崎県

誰もみな笑顔のうらになみだある精一杯に生きぬく力　杉村澄子（80歳）宮崎県

帰りたい帰りたいけど帰れないくつろげるのは自分の我が家
杉本トモエ（89歳）宮崎県

デイサービスたのしく過ごすことの出来る日々の来ることを願うばかりです
隅　侑子（84歳）宮崎県

去り逝きし君への思い胸に秘め今日も訪ねん「南の郷」へ
竹井ヤスミ（88歳）宮崎県

年取りしは毎日今日の日楽しみに元気で過ごす事願う日々
竹中ヨシ子（88歳）宮崎県

「頑張れ」といつも励ますＰＴに「がんばっちょるが」と心で叫《おら》ぶ
楯　ルミ子（76歳）宮崎県

年寄りがリハビリすると疲れるがみんな一緒かぼちぼちやるか
土持忠也（87歳）宮崎県

一面の青田の風よ今年なし鎮まり給え硫黄山《いおうやま》の神
常増彰男（97歳）宮崎県

朝ごはんいつもおいしく食べるけど一番好きなのは巻き寿司だ
角田キクノ（95歳）宮崎県

あさですよでかけのよういしおえてよからだがわるいあしがいたいよ
寺嶋順子（68歳）宮崎県

手がはやくなおるように毎日をがんばって通いリハビリをする
堂薗九洲男（79歳）宮崎県

ＭＲＩ終え映像さしつつ医師の言う悪くなけれど変りもせずと
時任伸雄（79歳）宮崎県

幾年か我事なれば続きたり目薬差しの一日九回
戸口田マサ子（98歳）宮崎県

戦災も宮城沖また東日本の大震災を逃れ今ここに生く
戸部恵美子（95歳）宮崎県

梅雨《つゆ》続く上がって欲しいな休みの日家の庭先掃除が出来ない
冨永クニ子（81歳）宮崎県

一人ぼち語る人なく植木鉢に呼吸してねと枝にふれる　中間綾子（91歳）宮崎県

妻死んで三十八年たった今体うごかず介護うけています　中村　博（92歳）宮崎県

ボケ防止孫とおはなし口きたえデイのみんなで足腰きたえ　夏田則子（81歳）宮崎県

寂しさよ一人暮らしの寂しさよ家に帰ってガラス戸開ける　西園安雄（95歳）宮崎県

七夕の話はずみしホームにて笑顔うかべしひとりごとかな　西村多恵子（85歳）宮崎県

八十路すぎ施設に入り我が部屋で一人暮らしも身についてゆき　西村　務（85歳）宮崎県

先輩の人それぞれの生き様を吾に移してリハビリ励む　新田魁士（88歳）宮崎県

あさおきてはたけのやさいをみるのもわたしのいきがいそして「ハート」へ　橋口幸子（88歳）宮崎県

何時の日かかよわき命は尽きるとも残りの人生悔なく生きよう　濵田智佐子（87歳）宮崎県

おぼろげに硯筆そろえ墨をする夢の世界のごと書き始む　林　カチエ（91歳）宮崎県

シルバーカー押せ押せおして外出を齢重ねるエージングの年　林　京子（86歳）宮崎県

胸骨にひび有りという痛みうけ八十路の峠こえて体感　日高照子（81歳）宮崎県

皆の衆一度切りの比の世旅挫けりゃ負けの舞台だよ　日高友介（89歳）宮崎県

元気良く楽しい一日過ごすこと生きてることをうれしく思う　日向律子（97歳）宮崎県

八十五いまだ若しと言はれる世年金もらひにいそいそと行く　福田圭子（85歳）宮崎県

延命を命綱とは思うまじくだの数だけ苦のはじまりに　堀川和子（82歳）宮崎県

老いて尚ボケてはおれぬと懸命に残り少なき今を生きなん　増田恵美子（93歳）宮崎県

今日まで元気である事がありがたい山の上でも楽しく暮す　松井ハルエ（93歳）宮崎県

新聞の折込みチラシひととおり見ては世間の風にもふるる　松浦　郁（93歳）宮崎県

ふるさとの歌を唄いてそれぞれの想い穏やか今日も幸せ　松浦清子（86歳）宮崎県

わが齢三ケタ超えよと日々あらた立って歩いて百にとどけ　松田復身（82歳）宮崎県

人様の世話になる身になりにけり好好爺めざし圭角取らむ　松本雄剛（88歳）宮崎県

まひの息子《こ》を残して逝《い》けぬ母なれば一日《ひとひ》を延ばす気力で生きる　溝上カズ（91歳）宮崎県

なつかしと軍歌楽しむ媼あり吾《あ》は戸惑いて孫らを想う　宮田治子（87歳）宮崎県

百歳の母とふたりで車椅子なさけないのか幸せなのか　村方シヅ子（84歳）宮崎県

朝起きて東を向いて手を合わせ今日の無事を静かに祈る　柳田清治（87歳）宮崎県

西郷《せご》どんに愛加那《あいかな》さまに学び得た人の太さに真の豊かさ　柳田健一（72歳）宮崎県

若いもん先に逝くので悲しいよ老いた私はいつまでも元気　柳田ミヨ子（93歳）宮崎県

足腰を痛め病院医師は言うラグビーあとの後遺症かも　山河利彰（77歳）宮崎県

歌を詠み夢中になれば幸せと病と争いて残世を生きむ　山崎百合子（92歳）宮崎県

物音の絶えし夜ふけに気がつけばせみ鳴く如く耳鳴り止まず　渡辺久子（79歳）宮崎県

リハビリに介護されるや日々の夜気持良しかな安らかな夢　黄　秀英（91歳）台　湾

若き頃子の養育に字も書かず老年は短歌《うた》に字典ひもとく　陳荘淑貞（94歳）台　湾

足弱れど頭脳弱るは御免ぞと寒き夜にも歌集ひもとく　小野寺郁子（87歳）ブラジル

高齢者の歌②

自分を見つめて

はり薬と栄養ドリンクの力を借りてテレビ体操のまねをしてみる　山本幾久代（82歳）北海道

ケアハウス車見るたび思い出す運転したいやはり手が出ず　倉島トミ子（86歳）宮城県

起きるから寝るまで全て人任せされど「口」だけ一人前なり　菅原千代治（85歳）秋田県

デイサービス鏡の前でシワ数え心ときめきるんるん気分　船木悦子（83歳）秋田県

身の丈を超える短歌などつくれない身の丈それを伸ばすしかない　松澤良子（80歳）秋田県

柿食えば故郷思う寺の鐘みんな元気か俺は元気だ　吉村　毅（90歳）秋田県

妻他界その後の食事片寄りて大病すれど医療進歩に助けられ　諸井忠雄（99歳）福島県

我が無情つゆと消えゆくむなしさよしばし忘れて笑顔でいたい　秋山義延（79歳）茨城県

デイサービスみんなで入る浴室は私にはまだちょっとはずかしい　石川かつ江（80歳）茨城県

不可思議は夢で素直に歩きおり手足のしびれ何処にきえしか　恩田つね（95歳）群馬県

食事会　今年はどこへいくのかナさしみ天ぷら何食べよかナ　木村桃子（93歳）千葉県

人生ってこんなものだと今朝思う生きるも死ぬもどちらも希望　五木田恵子（94歳）千葉県

突然死の母の冷え行く手を握り泣き日遠く今一人残れる我は卒寿となれり　齋藤榮子（90歳）千葉県

今日もまた心のすき間埋めんと三十一文字《みそひと》に思いを託す　島崎アサ子（89歳）千葉県

夏空にゴンズイ紅く自己主張「我は片マヒ」大声で言う
橋村直子（70歳）千葉県

はじめての短歌の会にためらえど友のあとおし一歩踏み出す
服部節子（90歳）千葉県

まだ若い気持ちばかりが先走り鏡見ながら老いを見る今
馬場　翼（76歳）千葉県

卒寿なる歳を忘れてひとり居を楽しむ短歌は吾の青春
的場　茂（90歳）千葉県

焼夷弾に倒れし友の側《かたわら》をすりぬけ生きのび八十八歳
八木歌子（88歳）千葉県

はげしさをもとめしときも過ぎゆきて風のままなる落葉見つめぬ
石場くに子（99歳）東京都

知らぬ間に友も去りゆく身のまわり我もさまよう老いの世界
今川幹也（86歳）東京都

初めてのオムツ使用はずかしい汚れた時の頭まっ白
清水　孝（78歳）東京都

墓詣で杖を頼りに生き抜いた夢重なりて蘇《よみがえ》る日々
土屋百合（87歳）東京都

大正昭和平成と生きて傘寿の祝いかな
樋高禮子（98歳）神奈川県

日が昇る心晴ればれすがすがし両手合わせ願いは一つ
林　アキ（99歳）富山県

オレオレのあんちゃん相手長電話脳トレ代わり頭に冴え戻り
藤木善勝（74歳）富山県

九十過ぎまだまだ若いと思いつつ頭をひねり歌を詠みたり
西川規雄（93歳）福井県

無理せずにこまめに体動かしてユーモアもって日々過したき
相澤あや子（88歳）長野県

背で泣いた孫に背負われ我が夫《つま》の葬儀にしとど雪は降り来る　岩下辰美（89歳）長野県

先生に愚痴をこぼして肩の荷おろし家路就く　大谷市子（76歳）長野県

用水路流れる草にしがみつく蟻の姿に我を重ねて　尾山正治（89歳）長野県

天寿はまつとうしたいものである怪我などせずに日々生きんかな　清水信一（93歳）長野県

施設にて自分が二人居る様な動きが鈍く別人の様な　樋本晏宏（79歳）長野県

暑くてね熱風が来るおかしいな脳に良くない味噌がほしいな　三橋美智也（83歳）長野県

福の神吾れにも有りやとふと気付く無い物ねだり福豆を煮る　森山益代（89歳）長野県

今朝もまた明日も生きると杖一ついつもの道をゆっくりあるく　朝比奈昇次（83歳）静岡県

ホームにて笑いを込めて話すときいのちのことには互いに触れず　石田進子（82歳）静岡県

女学生の頃よりの友失ひし卒寿に寄する孤独のうしほ　平井さなえ（93歳）愛知県

わたくしははちねんまえにびょうきになりそれからがんばっている　多田悦子（73歳）滋賀県

リハビリで立ちあがれずに泣いた日も苦節六年涙の散歩　平野秋夫（90歳）京都府

俺なんか内科外科からリハビリの三刀流だ大谷に勝つ　長尾啓史（68歳）大阪府

ウォーキング糖尿病故に自覚する身心共に老いも緩やか　山口　操（85歳）大阪府

蒼穹に入道雲のあらあらし涼陰《こかげ》求めて老いの身かばう　酒井照子（87歳）兵庫県

今言うて又言いよるんか言わんといてそれがわかればくり返さんものを　前田かず子（92歳）兵庫県

参加して初めて学ぶ健づくり認知症にならぬとつとめ　岡本　清（86歳）奈良県

自分史の証になるだろ三十年悲喜こもごもに生活記録　三浦定子（93歳）島根県

認知の姉ことある毎に手で叩く情なくしたか涙こぼすは我　赤木三四子（90歳）岡山県

免許証返せと云うが返せない事故のない道造ればいいが　野﨑好正（84歳）岡山県

其の人に逢ったことから今迄の人生とは違う道が開ける　廣本惠子（86歳）広島県

病棟に夜の静けさ鈴の音今夜一晩命あずける　藤原トモヱ（89歳）広島県

病みつつも詠ひし和歌を読みをれば我が生涯の走馬灯めく　木村和歌子（74歳）山口県

いと悲し八十路過ぎしも日本語の漢字が読めず我は何人《なにびと》　西村綾子（84歳）山口県

ダレカイルヒトノコエダヨダレダロウダレモイナイノハヤクネナサイ　中家　稔（84歳）香川県

一つ折り百まで折ったおりがみの仕上り見つめて我が手に感謝　川上照子（86歳）愛媛県

立ち上がり辛くなりゆく身となれば特養入所そう遠からじ　阿納キヌエ（87歳）福岡県

月々のデイの行事もつらくなる罰当たりかなと思う日のあり　大村敬子（89歳）福岡県

亡夫のこと家族の想い出かたること少なくなりつつ我は老いけり　片峯フジ子（89歳）福岡県

上手だった舞踊もダンスもできませぬ足はふらふら頭くらくら　木下孝子（86歳）福岡県

肌白く美しいねと言われてはいいえいいえとはずかしく言い　古賀カヨ子（84歳）福岡県

Tシャツの絵はバスケット気持ちのみ若くなるとも足は走れず　高津壽（85歳）福岡県

淡々と一日過ぎるボヨヨーンボヨヨーンとすることもなく　玉城ミエ子（75歳）福岡県

御守りをにぎりて天の母に祈るスポーツ大会絶対優勝　長田勝義（73歳）福岡県

学のなく口のみ達者で生き抜きぬつめたき言葉も丸く収めて　長町カメ子（85歳）福岡県

ショートステイ入ったり出たりのわが暮らし短歌の結句も尻切れ蜻蛉　中牟田美智子（77歳）福岡県

何粒のお米を食べてきたのやら八月の月はや米寿なり　西野フヂ（89歳）福岡県

私の乳は何所へといったやら捜索願いだしましょうかね　松熊フジ子（97歳）福岡県

デイ通ふ僕は十七回も手術した傷だらけだと笑つて今は　山崎政信（88歳）福岡県

春が来た八十路の吾にも春が来た生きて甲斐ある今日の青空　江越幸（86歳）佐賀県

月が出た踊っていても我が姿猫背になってナサケないよね　鐘ケ江壽娥子（91歳）佐賀県

介護保険食ひつつ生くる九十五歳良いのだらうか自問する　有田秀子（95歳）長崎県

無駄な延命止めて欲しいと頼む吾れに一筆書けとドクターは云う　福島信子（94歳）長崎県

九十五歳元気ばかりがとりえですあごは達者で手足働かず　大木アヤコ（94歳）熊本県

地震より終の住み家におちついて子等の支えで普通にもどる　清田キミ子（93歳）熊本県

前向きに生きていくよこれからは楽しみみつけ健康第一　桑原正子（85歳）熊本県

今日暑い明日もまけずに頑張ろうピーチクパーチクおてものように　桜井榮子（92歳）熊本県

くたぶれる右も左もわからないしっかり動け九十歳のわし　槌野正行（90歳）熊本県

楽しんで一度きりだよ人生は希望をもって元気で明日へ　中根君子（71歳）熊本県

戦争も地震もありて卒寿なり良くぞ元気でデイを楽しむ　沼田陽子（90歳）熊本県

俺は書く気の向く儘に書き続く頭の体操他にない道　橋口　勝（92歳）熊本県

老いて一人ぐらし小学一年生の防空壕のことばかり　松下トミヨ（80歳）熊本県

わたしには叶えたい夢もっている家族みんなをしあわせにする　渡辺国宜（52歳）大分県

親孝行過ぎたる悔いはないけれど足らぬ悔いは今もあり　石田清三（74歳）鹿児島県

がりとばし《（怒る・叱ること）》そだてし息子に今がられ笑いでごまかす父と母だよ　川崎光男（91歳）鹿児島県

朝夕はヘルパーさんの手を借りて我が家で暮すひとり気ままに　野村ミサエ（92歳）鹿児島県

物忘れ呆《ほう》けの気配と思ふなり省《かえり》みる我之《こ》れも人生　米澤ハツ子（99歳）鹿児島県

今日もまた自我を通して介護受けわが身反省《かえり》み涙ながるる　脇田曄子（89歳）鹿児島県

大工です大工一筋頑張ってたまの息ぬきスナック通い　玉城　進（81歳）沖縄県

今朝もまた食後の薬のみしかと案ずる老妻《つま》に小声の言ひわけ　安藤隆雄（91歳）宮崎県

不自由な体になって二十二年これでも家では自分で炊事　石川サダ子（79歳）宮崎県

腰痛く掛け声かけて立ち上がるドッコイチョッチョ　コラチョッチョ　井手和子（85歳）宮崎県

男伊達パーキンソンを肩ぐるま黒帯最後の技で一本　出田勝利（81歳）宮崎県

八十年洗い続けた顔なれどいつまで続く鏡見つめる　井出正和（79歳）宮崎県

毎日を自分の意思で過ごしてる明日を夢見て楽しく生きよう　稲積サチ（80歳）宮崎県

我は今九十五歳生死を超えて我は行かん　今村美代治（95歳）宮崎県

ゆずるくん転倒しないでと大声でさけぶ吾身の若々しくて　内村千枝子（85歳）宮崎県

帰りたい早くわが家に帰りたい腰が痛くて何どこじゃない　海老原松雄（93歳）宮崎県

年老いて足をすべらし骨折すあまりの痛さに口まですべる　大内田昂久（91歳）宮崎県

足立たず歌《か》は我が心《しん》の特効薬メモを枕に気のむくままに　尾上ミヨ（83歳）宮崎県

さゆう見てだいたいオーライ助手席で人につたえるおれのやさしさ　甲斐泰二郎（83歳）宮崎県

終戦で生命《いのち》長らえ復興に微力尽して白寿や間近　金澤好満（95歳）宮崎県

加齢せし吾が記憶の衰えを痛感しきり如月の夕べ　鎌田敏子（93歳）宮崎県

百まで生きると言ったボケて生きては迷惑だボケるものかと意気込むわたし　川越トクエ（87歳）宮崎県

椅子に掛け今日もいちにち過ぎていく何か変りし事あればよし　川野アツ子（86歳）宮崎県

刻まれし顔の年輪深くしわ天寿超えし我の勲章　川邉一子（93歳）宮崎県

靴下を五本指のに変えてみて力は入るが履くのは難儀　切畑ヨシ子（96歳）宮崎県

ごめんなさい今日もデイケア亡夫《あなた》はひとりねGO《ゴー》の目配せ靴はく私　桐山恵美（89歳）宮崎県

きのうまでおぼえていたことなんだっけ思いださないかなしさよ　釘﨑安子（90歳）宮崎県

リハビリをきついきついといいながらじぶんのためにけんこうのため　隈江三代子（80歳）宮崎県

淋しさや幾つになっても分からない後何年で分かるかしら　黒木幹子（82歳）宮崎県

補聴器の電池ぎれしていらだてる筆談すれば素直になりぬ　兒玉英人（84歳）宮崎県

わたくしは九十八歳のおばあちゃんだけどまだまだ勉強したい　阪江駒枝（98歳）宮崎県

年重ね感じる事が深くなり眠れぬ夜のふえる昨今　迫田総美（88歳）宮崎県

食べ物の事ばかりねと孫笑う戦中派なるわが詠みし歌
七條千賀子（90歳）宮崎県

わがからだ誰も分からずさびしさと医者でさえもあてにできず
新地　力（80歳）宮崎県

手作りで老人ホームに貼りてあるわれの短歌をしみじみと見る
杉田蓬子（85歳）宮崎県

施設にて亡夫《つま》詠みし短歌《うた》思いいる一語も出《い》でず九十六の吾
瀧元ミヨ子（96歳）宮崎県

これ以上我慢できぬと急ぎ足神様（トイレの神さま）の在す場所をめざして
田村ツマ子（83歳）宮崎県

寝て起きる体の痛みあるけれどできれば明日は痛み忘れたいな
津村芳子（85歳）宮崎県

春になりつらい寒さにさようならリハビリ頑張り痛みもさよなら
中村常信（81歳）宮崎県

動かない指を動かす少しずつ動かしながら神だのみ
中村美千代（70歳）宮崎県

今日も雨明日も雨かと思いつつ明日のためにもリハビリ頑張る
那須友輔（76歳）宮崎県

リハビリは地道な努力と継続だ早く自立し世に恩返し
名直利彦（80歳）宮崎県

歳をとり散歩どころか庭先の草一本も採れずもどかし
西　ミツオ（95歳）宮崎県

くるしさにたえてかなしさわびしさよあかるくきぼうにがんばろう
西村アサ（88歳）宮崎県

人生のそよ風うけて九十九の教え守りて我も進まん
野田絹子（86歳）宮崎県

悩みぬきできた短歌はうらみぶし望みも夢も歌もなし
野邊善昭（86歳）宮崎県

八十路越え言葉の刺《とげ》も摩耗して喧嘩しながら庇《かば》い合ってる
野間文男（77歳）宮崎県

ふる里へ一年一度墓参り安心してか早めの帰宅
橋口　勇（81歳）宮崎県

コンサート三山ひろしに会いたいが体と足がついては行けず
橋倉征子（78歳）宮崎県

妻は呆けいやとは言えぬ丸投げの家事や買物今は生き甲斐
原岡利徳（93歳）宮崎県

目の手術二十五年前決断し八十六にして1.0
東畠静代（86歳）宮崎県

つぎつぎと頭の記憶うすれゆくさみしくおもう九十七歳
日高キシヱ（97歳）宮崎県

にゅう麺の汁に映りし吾顔を暫し眺めてすすり飲みたり
日高淑子（88歳）宮崎県

人生はいつまでもあると思うな明日はどうなるかわからない我
福岡　努（78歳）宮崎県

何も彼も忘れ去ってる年齢のせい思い出しても何も浮かばず
福田悦子（85歳）宮崎県

この暑さボケてならぬとナンプレ難問P49いざ気合い入れ
藤原和子（90歳）宮崎県

さて今日も坂道のぼりほっとする明日ものぼろう私九十歳
堀口節子（89歳）宮崎県

あれこれとやってみたい事あるけれど今はまだまだわが身でいっぱい
堀之内英士（84歳）宮崎県

往く人に歳を問われて咄嗟には答えられない事の多かり
本多茂雄（92歳）宮崎県

楽しみに歩行訓練しています足を治して遊びに行きたい
松本絹江（85歳）宮崎県

頼まれて年甲斐もなく腕まくり現職気分六法を見る
溝邊　昂（90歳）宮崎県

もみじ葉の流れゆきしか最上川思う心はくもれども
村岡政子（71歳）宮崎県

まだ乗れるわが思わくは許されず子らの説得免許証返納
山田訓子（81歳）宮崎県

病院の窓の景色は変らねど膝の痛みはかわってほしい
横山ヒサヲ（94歳）宮崎県

夏空にひこうき雲がほぐれゆく絶食の身はおきざりのまま
吉川信子（77歳）宮崎県

バカじゃってで何もできんわからないこんなバカでも飯はうまいわ
脇村フミ（90歳）宮崎県

おれはまっているぜさびしくないけどたちあがれ
渡邊英輔（80歳）宮崎県

ラジカセの音でねむれぬいらだちとねむれねむりたい気持あり
和田弘子（72歳）宮崎県

高齢者の歌③

感謝のこころ

御飯前仏だん灯りともしてよ仏のくよう和讃となえる　千田キヨ（88歳）岩手県

百すぎて定めし命《みょう》を生きる今ただひたすらに家族に感謝　明石チエ（104歳）秋田県

実家より娘よりも頼りになるとなりの嫁さん今日もよろしく　伊藤勝雄（86歳）秋田県

孫思う可愛い笑顔のボランティア歌声しみるジジババの胸に　藤原　巧（75歳）秋田県

この道を自分で選びつとめたるいつも笑顔の介ごしさんは　石井久子（78歳）山形県

あいさつはありがとうしか浮かばない介護する妻元気でいてね　松坂義秀（65歳）福島県

母の日に私に似合うと服選ぶ娘の思いに感謝感謝　豊崎きみ子（90歳）茨城県

アラ嬉しい手を取りて階段を数えながら送ってくれた優しい施設の人　野沢レイ（94歳）茨城県

いきいきと今日は通所リハビリに行けます幸せもろもろ感謝　梶山ゆき（92歳）群馬県

年老いてできし家事すらできぬ今デイに感謝し凛と生きなん　北川和子（71歳）群馬県

年老いて不自由になりし足腰のリハビリうけしありがたさ思う　久保田冨太郎（96歳）群馬県

もの云わぬ夫の遺影に手を合せ守られている日々に感謝す　岩崎喜美子（80歳）埼玉県

思いきや福田先生のリハビリのおかげで今は歩行器で歩ける　秋葉節子（89歳）千葉県

動かぬ体で介護施設に世話になりかいごの人に頭が下がります　芦田りゑ（90歳）千葉県

母親もお世話になったPTさん思い出話交え導く
伊佐　勉（62歳）千葉県

姉妹して我を介護し早や三年怒って呆れて時に笑いて
金坂昭子（91歳）千葉県

晴れやかに新年明けておめでとう列島日本平和の光
今野政治（96歳）千葉県

愛ふかき母にてありぬみ葬《はふ》りの煙は低く野にたなびきぬ
内田民子（93歳）東京都

朝目覚め生かされている幸せをかみしめ今日も感謝して生く
神谷友子（89歳）東京都

特養や新米ワーカーマゴマゴと介護に追われ一日が過ぎ
杉本正太郎（88歳）東京都

車椅子押して呉れる妻八十五介護するもされるも茨道
皆川恵一（86歳）東京都

働いて税金はらうみぶんにねただで生活しているんだね
平野玲子（64歳）神奈川県

車椅子乗る我が兄の爪を切る介護士の手が母の手となる
毛涯　潤（81歳）長野県

ありがとう今日何回いったろうこの一言が心を洗う
澤井好明（85歳）長野県

この施設に六度目の夏もろ人の支えのありて百寿を迎う
上杉くみ（100歳）岐阜県

晴れた日は太陽見てはありがとうありがとさん《SUN》と感謝してます
長谷川歌子（93歳）岐阜県

ほがらかに入浴介護する人の上着の下にコルセット見ゆ
増田恒市（93歳）静岡県

ミニトマト今年のお初いただいてホホエミカエス　オホホノホッホ
海津武秋（94歳）三重県

楽苑の師の言の葉に愛を受くみどり輝く酷暑つづきて　山口まさ子（91歳）三重県

息子《こ》の作りくれし煮付けの鱈美味し独りの夕餉心満たせる　北川和子（85歳）滋賀県

今はない満州国に生を受け良くも悪しくも今は幸せ　甲山玲子（83歳）滋賀県

口腔体操《パタカラ》のお蔭なるべしうな重の噎《むせ》るのなくてすべて食みたり　村田元秀（93歳）滋賀県

還暦を過ぎ老後思う我なれど親しき方の親切を知る　山本久雄（68歳）滋賀県

老いし吾《あ》我《が》健やかなる若人に介護頂き倖せの日々　上窪美枝子（86歳）大阪府

現身の余生はげまし介護する人に恵まる「ふれ愛の家」　阪口金子（86歳）大阪府

車いす今日は楽しデイの日だ介護にみられ感謝してる　夏目ヒサ子（86歳）大阪府

老いの身は社会のあつい世話になりホトトギスの声聴きつ目ざめぬ　小田垣重利（90歳）兵庫県

今日も元気と聞いてくれるおとなりさんありがたやありがたや　川本一子（84歳）兵庫県

今日一日暮れてベッドに横たわるこの安らぎも生きしたまもの　長浜紀子（94歳）兵庫県

母われに歩幅合はせて荷物持つ丈高き子の肩幅広し　廣岡みゆき（84歳）奈良県

子ども達来る日を待ってうれし泣き母の日忘れずカーネーション　伊藤末子（94歳）島根県

美しき男の子のひとり運びくる夕食うまき八十乙女　木村あやめ（93歳）島根県

「車椅子押すは一蓮托生ぞ生き甲斐なり」と言ひくるる友は　桑田正志（87歳）岡山県

手ぎは良く押しなれ進む車イス明るき嫁に頭のさがる　今浦冨美恵（86歳）山口県

梅雨空の暗闇の中ひとすじの光はなって飛行機走る　川北普子（80歳）徳島県

あれも駄目これもするなは云わないで小さな役割老いの幸せ　脇本鶴子（86歳）徳島県

障害を持ちて生き来し七十年人々の愛シャワーのごとく　阿志賀俊範（76歳）福岡県

車のり毎日家へ通いくる息子夫婦に生かされている　瀧石ミヨ子（93歳）福岡県

お姫様の如く体をあずければ寮母はやさしく着替え手伝う　田坂洋子（79歳）福岡県

支援員の明るい振舞いありがたく心も身をも元気になれる　中川美智子（80歳）福岡県

施しの絆でつなぐ手の温さ愛の種子播きや黄金の実がなる　北島文子（93歳）佐賀県

思いやる医者のことばに涙ぐみ百を迎える青空澄みし　横田田鶴子（96歳）長崎県

スタッフさん優しさ素敵うれしくて時には甘え幸せかみしむ　大塚多恵子（88歳）熊本県

朝ご飯みんなの笑顔しわだらけ歳には勝てぬ気持ちは負けぬ　奈良﨑スミエ（95歳）熊本県

風呂に入れ背中流して呉れる吾子子なればこそとあありがたや　松岡フミエ（91歳）熊本県

けがをして介護の人の優しさが身に染みている今日この頃　穴井成子（78歳）大分県

卒寿まで生かされし今日感謝して日々の幸せ真夏の空に
栗林典子（90歳）大分県

かかとある靴は駄目よと娘《こ》に言われふとふりかえる己が齢を
田北孝子（92歳）大分県

おぼうさんなむあみだぶつありがとう初盆まいりおねがいします
藤　美緒子（75歳）大分県

退院日弾む訛りの人々に癒され嬉し八十路の命
山﨑逸子（82歳）鹿児島県

難病で口下手なれば有難うを遊ばせている忘れぬやうに
岩倉ツヤ（91歳）宮崎県

朝起きて今日は降るよと教えられ嫁の優しさ思い出す
上田君子（96歳）宮崎県

左麻痺我がやることを無にする妻数年経って我がためと知る
請関雅一（60歳）宮崎県

吾が日々は車倚子にてマイペース故に感謝とゴメンナサイと
大山淑子（84歳）宮崎県

ありがとう娘が共に牛を養いこれからも手助け願いたい
緒方利猛（87歳）宮崎県

心込め我がかけ声の「こんにちはー」に皆箸をとる感謝しながら
小川　進（84歳）宮崎県

毎年のことチョーチンかざし父母のお墓へ手をあわせてありしすがたを
片平和子（85歳）宮崎県

ありがとうあなたが生けるその花に季節感じる今は春かな
假屋アツ子（77歳）宮崎県

「黎明《れいめい》」にお世話になってもう四年朝夕いつも御礼の言葉
元明キヌエ（86歳）宮崎県

吾病めば二人の娘寄り添いぬ感謝とともに生きるを誓う
楠木ツギ子（87歳）宮崎県

こんばんのおかずを作るわが息子たよりになるよありがとうね　小路トシ子（85歳）宮崎県

梅雨空に君を偲びて感謝する夏も近づき元気に過ごそう　興梠清人（91歳）宮崎県

朝夕にいただく御飯有り難さ残した時は心がとがめ　酒匂トシ子（92歳）宮崎県

花おえし緑の路をそぞろゆく君があゆみに歩はば合わせつ　菅原　榮（88歳）宮崎県

ホームにて我が子の足音覚えたり寝たふりすれば髪なぜて帰る　杉田樹子（96歳）宮崎県

わがままを許す夫に手を合わせ苦労かけてるこの身がつらい　素麺秀子（74歳）宮崎県

いもうととなかよくすごしうれしいなよんしまいよりおやにかんしゃ　竹井静子（77歳）宮崎県

この病妻の助けで命つなぎ介護苦にせず我が家灯照らす　鳥越泰夫（69歳）宮崎県

ひるごはんおいしかったよよるごはん楽しくまつ今日の夜はなに　鍋倉幸子（99歳）宮崎県

誕生日祝ってもらいうれしいわ願いは一つ漬物一切れ　西原ナルミ（85歳）宮崎県

一合の米を研ぎつつ感謝溢る自分でなし得ることも有難し　野邉純子（90歳）宮崎県

世のおかげ百歳を生きいつの日かおだやかなれと日々祈る「感謝」　福澤サヱ（100歳）宮崎県

ヘルパーを兼ねし息子の優しさに今日も感謝の日を送り　伏見弥生（86歳）宮崎県

ベッドさく両手でもたれ目を伏せる暫しいこいの止まり木となる　古庄イツノ（90歳）宮崎県

入院中隣の人に比べればまだまだ動ける手足に感謝　前田則雄（84歳）宮崎県

年いってカーネションを又もらう今時も気付かう嫁にもやるか　松　重士（88歳）宮崎県

こゆぐんの老人ホームにいるけれど住めば都よ大満足だ　松　博子（83歳）宮崎県

思い出す主人に似ている息子かな一緒に暮らす優しい息子　柳田アイ子（88歳）宮崎県

寝言まで働きおりし夫なれば常のおごりもゆるせし我は　山上照子（87歳）宮崎県

実習生と別れの握手有難う厳しい道に負けないでネ　横山令子（87歳）宮崎県

よくきたとつまをまつみのもどかしさカバンにかくしたカステラのうまさ　吉原　靖（75歳）宮崎県

朝が来て今日も元気で居る事をご先祖様のおかげでありがたい　吉村ミヨ子（90歳）宮崎県

失せし鍵無事に戻りて赤き紐「結え」とくるる翁の優し　渡辺ひろ（89歳）宮崎県

高齢者の歌④

喜びと楽しみ

銀杏の木の葉を集め孫も寄る夏の日の昼賑わいており　秋元信明（70歳）青森県

老ホーム花鳥風月楽しめる丘の上ゆえ飛行機見ゆる　長谷川まつ子（79歳）宮城県

週二回デイサービスに行く私やさしい笑顔に心なごめる　飯澤富美（85歳）秋田県

加茂の海釣り船出たり入ったりタイやヒラメの大漁うれし　石川ツバコ（92歳）秋田県

歩き初む児をいだいて地に立たせこっちこっちと呼びつはなれて呼びつ　片桐イク（90歳）秋田県

お山見ゆ高台たてりひばり園いで湯につかりけしき楽しむ　古仲リツ（88歳）秋田県

レクタイム円陣組んでヨーイドン勝っても負けても笑顔でアハハ　高橋貞雄（81歳）秋田県

運動会はしゃいで笑ってはりきって家に帰りて楽しき心　目黒アヤ子（84歳）秋田県

盆おどりゆかた姿の人の波ヤグラ太コにいそぐ足音　佐藤マサ子（81歳）福島県

人生は学びやの道明るくと言葉の重みオーラに聞けと　清野恒子（86歳）福島県

人生の楽園ありと誘われて暑さに負けぬこの喜びを　高橋絹子（88歳）福島県

「恵苑」たのしいとことついしらず月日も早く丸三年に　櫻井和子（88歳）茨城県

九十五歳たったひとつの趣味有りて今朝の新聞に吾が短歌《うた》載る　助田まさ子（95歳）茨城県

温かきみそ汁の香に思ひ出づ妻との日々が始まりし朝　相沢巧一（84歳）群馬県

梅雨明けてブルーベリーのつみとりに秒を忘れて童心に返る　狩野栄子（84歳）群馬県
午前中野菜の世話に汗流し午後は楽しく友と語らう　内田高子（88歳）埼玉県
九十八救急車にて運ばるる使命ありてか蘇りたり　石井美奈子（98歳）千葉県
氷雨降るデイホームの午後思いきり「氷雨」歌えば皆唱和する　室岡敏子（87歳）東京都
週一で麺の出る日が楽しみでうどんの出る日は胸がワクワク　吉成穆（90歳）東京都
湯の町に祭り提灯つらなりて道幅狭しと大獅子の行く　小堀志ずゑ（93歳）石川県
厳格な姑に仕えし我は今可愛い嫁と楽しい日々を　後藤公子（94歳）山梨県
大根葉細かく切りて塩を振り熱いご飯でいただくと刺身の味がする　内川文造（103歳）長野県
リンゴジャム初めて作り大成功夫の熱意とレモンをプラス　西典子（76歳）長野県
サッカーに関心うすき我ながら真夜中に観るワールドカップ　米山貴紗子（82歳）長野県
右手左手かばいかばわれ食べてます朝のご飯のあたたかく白きを　金武聖子（90歳）岐阜県
遠く聞く子供御輿の笛の音を耳をすませて杖つきて待つ　稲葉歌子（88歳）静岡県
介護の湯愛と感謝が交差して楽しく過ぐる「ユーアンドアイ」　青山貢（88歳）愛知県
孫が来てばばよろこびしせつの午后よろこびしばばのよこがおしせつのごご　松井ノブ子（89歳）愛知県

そと見れば雨がしとしとふる中を相合ガサで二人仲良く　山室通恵（75歳）愛知県

曾孫より似顔絵もらいいつまでも元気でいてネと力もらえた　大西愛子（93歳）三重県

花終へし桜並木の青葉陰王将を駒が飛び交ふ　谷口髙枝（88歳）三重県

太陽は燦燦として朝の空デイの車にお早うの声　岸本幸子（88歳）京都府

我ながら長男長女の顔ながめ優しく育った子どもに微笑む　清原セヨ子（92歳）大阪府

ばあちゃんについて行くよと駄々こねるひ孫可愛し三つ編ゆれて　杉木浣子（91歳）大阪府

桜餅テレビを見てて美味しそう久しぶりに食べてみたい　薬師初子（93歳）大阪府

筆談で微笑み交わすデイサービスカラオケ歌えばみんな手拍子　坂本シメヨ（88歳）和歌山県

花だより聞けば心も華やぎぬ年も疲れも忘れるほどに　砂子和子（87歳）和歌山県

百均の種でも立派な夏野菜匠の技《わざ》と自画自賛する　長野清己（78歳）和歌山県

夢中にて作りし紙花カーネーション森の音楽会の舞台を飾る　森岡靖子（80歳）和歌山県

童謡に唱歌演歌とはばひろくピアノ伴奏ついて歌えり　稲田陽子（73歳）島根県

麗らかや筆ペン持てば一行の短歌《うた》浮かびくる老いの日豊か　臼井百枝（85歳）島根県

痴呆気の叔母をためさむと口三味線弾けばつばを手につけ安来節　北野敦敏（75歳）島根県

一人部屋我が塗りし絵を壁に貼り寝ころび眺む幸せなりき　宮奥幸子（82歳）広島県

久しぶり外食に行きチャンメンをおいしくたべて元気をもらう　伊藤和子（86歳）山口県

満ちたりた幸せ今は夢の夢独り暮らしの介護施設に　上田恵子（85歳）山口県

人生とふ幾多の山河越えて来し今は短歌を知りて幸せ　江本チトセ（91歳）山口県

野良猫に餌のやり方下手くそで二度引っ掻かれ懲りずに又やる　岡山節子（80歳）山口県

父母のいまさねば今の吾もなき孫の婚約墓前に告ぐる　津田初枝（90歳）山口県

川柳と俳句と短歌のまぜご飯思いのままに作る楽しさ　藤本喜美江（95歳）山口県

老いという文字は封印まだ米寿明日を夢みて走りだすペン　粟飯原禮子（88歳）徳島県

ひと休み『老いて歌おう』本よみて心なごむや青葉の小陰　水原富子（89歳）香川県

ひまわりのそばにならんで笑う子ら影の長さと背くらべ　越智文世（95歳）愛媛県

グランドで暑い日差しをあびながら子供のようにはしゃぐ八十路　篠原和子（87歳）愛媛県

大笑い二人《ににん》羽織でしわ増えた冥土の土産福来てうれし　松木豊子（101歳）高知県

とぎ汁にてサッと茹でたる厚切りの大根やはしあつあつうまし　梅野ハツ子（96歳）福岡県

目の悪く耳も遠くてあるけれど貼り絵の時は忘れる如し　大野トシ子（91歳）福岡県

往年のテノール独自の節で聴く「箱根八里」を深夜便にて　奥　眞子（87歳）福岡県
穏やかな日射しを浴びて園の庭眠りを誘う日溜りに座す　上口敏文（67歳）福岡県
風すずし一心不乱に墨をするわがかく言葉「一心不乱」　津田チヱ子（78歳）福岡県
長かった旅の終わりにルーブルへついに会えたモネの睡蓮　永野省三（82歳）福岡県
髪を編みこみ爪を色どり還暦でかなり遅いがおしゃれデビューす　野村洋子（66歳）福岡県
値段など気にせず今日は買物へ五年ぶりかなポッケに財布　藤川一喜（82歳）福岡県
この齢になりて教える我が身かな折り紙細工に友ら寄り来ぬ　真次タマエ（86歳）福岡県
十種類のとりたて野菜を知人らへ分けるを続け元気の失せず　松隈安子（74歳）福岡県
息子よりビールが届き腕まくり要介護3を忘れて料理　三好礼子（65歳）福岡県
手の先を使う作業の楽しさを又覚えつつ絵具えらびぬ　山田えみ（90歳）福岡県
「いなほ郷」手芸の部屋で紫陽花を作り終って一人微笑む　執行計雄（95歳）佐賀県
サァ散歩赤い靴はきベレー帽少女になれる楽しい時間　野口照子（95歳）佐賀県
うまかばいいっせきで食べようさあ割るよ大きなスイカ本当甘かね　西田トシヨ（95歳）長崎県
満月や今日の幸せ手を合せ孫の生長明日を祈らん　峰松易恵子（93歳）長崎県

なつかしいハイヤぶしの音《ね》風にのり遠くの空より聞えてくるよ　石橋トシ子（78歳）熊本県

我を乗せ車椅子押し会長は「退教《きょう》白寿」と場内湧かす　川上美枝子（99歳）熊本県

赤いシャツ粋な帽子とサングラス息子と二人今が最高　河上光明（84歳）熊本県

デイケアの昼の休みに作るうた歌にはならず眠気をさそう　佐藤ヨシコ（94歳）熊本県

今年から体のいたみ良くなってとてもうれしい元気が出るよ　中尾知恵子（81歳）熊本県

童謡はいつまでも残り良いものだ思わず歌い心おだやか　山下キミエ（91歳）熊本県

梅雨晴れてデイケア迎え待つ笑顔次の曜日の待ち遠しいな　倉嶋敏子（90歳）大分県

父の日に贈られてきしネクタイのモダンな模様老いを許さず　齊藤　正（91歳）大分県

朝ごはん何を食べたか思い出すいろいろ食べて健康美人　末武千代加（87歳）大分県

長いこと生死さまよい今ここに生かされた命生字引《いきじびき》にならむ　田部初子（80歳）大分県

歌ってる毎日家で利用日も迎えの声に気付くはずない　中村トシミ（88歳）大分県

デイケアでリハビリ済んで風呂入りおしゃべり楽しゼリーも食べて　松林敦子（82歳）大分県

夢に見た一人歩きのうれしさにリハビリたのし一日《ひとひ》終りぬ　伊豆野　照（98歳）鹿児島県

貼られたる壁の絵美《は》しく富士山は松青々《せいせい》とえがかれてゐつ　楠原玲子（88歳）鹿児島県

気持ち良くみんなで歌う懐かしき思い出の歌みんな楽しく　黒木さかゑ（84歳）鹿児島県

亡き夫ありし笑顔が目に浮かぶ還暦息子　大臣賞に　井澤ヨシエ（83歳）宮崎県

散歩道近場の子供が付いて来て私の名前をちゃん付けで呼ぶ　岩切繁子（83歳）宮崎県

探し物出て来た時のあの喜悦高齢《とし》に賜わる特権ぞかし　岩切光明（92歳）宮崎県

デイケアの朝の温泉皆はだかお猿のようにはしゃいであがる　歌津初代（78歳）宮崎県

九十をふたりでこえてこれました娘とまごとひまごが五人　小川久子（91歳）宮崎県

デイサービス運動会で老いの顔童になり大奮戦　小川皆榮（91歳）宮崎県

恙《つつが》なく生きて傘寿の五輪には日程表脳裏焼きつけて　尾崎韶子（81歳）宮崎県

よくごらん供えし花のひまわりはばばが育てし花にてあれば　押川稜威郎（83歳）宮崎県

おいらくと世間は言うけど我はまだブティック店にて目はかがやき　落合登美子（81歳）宮崎県

よそんちの飼い猫なれど目が合えばとんで来るなり腹見せごろり　小野朗子（82歳）宮崎県

朝起きて畑の野菜見るたびに元気が出るよシルバーカー　小畑ケサエ（90歳）宮崎県

かき氷舌がジンジンしてきたよ鼻に頭にツーンときたよ　川越キヨ子（87歳）宮崎県

今が楽しい飯がおいしくてこれからも元気でながいき人生を楽しむよ　北原サチ子（85歳）宮崎県

夏まつり大人も子供もひょっとこおどりで大にぎわい　古奈ミツ子（89歳）宮崎県

敬老会　孫　曽孫　玄孫《やしゃご》にかこまれ幸せいっぱい九十歳　金野秋子（89歳）宮崎県

六月灯たのんだ抽選券にたくさんの景品がついて来たウインナーお酒　坂元房子（84歳）宮崎県

ケアの午後待ちわびている私達歯無しポリポリせんべいうまし　新藤彌生（83歳）宮崎県

デイケアでやっとおぼえし指運動娘におしえる少し得意に　高田トミ子（93歳）宮崎県

手はしびれ弱きながらもオルガンを弾ける喜び私の宝　髙橋秀子（92歳）宮崎県

色紙をちぎっては貼り風景を思いうかべて行ったつもり　田中　節（76歳）宮崎県

女性風呂お喋り笑いもリハビリね湯気も舞います社交場なり　照沼とく子（81歳）宮崎県

有難や『老いて歌おう』投稿で私の歌が未来に残る　徳永純一（90歳）宮崎県

かぞく中ひまご生まれてにぎやかにいきるたのしみふえましたよ　長友シヅヱ（88歳）宮崎県

つゆ明けて今度はあつさになやむ日々子供にかえって水あそび楽しむ　中原光子（88歳）宮崎県

栗の木に登りて枝をゆすぶって皆んなで拾ふたのしさうれし　長嶺　實（91歳）宮崎県

昼ご飯食べて足湯にコーヒーも楽しい楽しい梅こぶ茶　中村律子（82歳）宮崎県

秋の山何処も綺麗ねいつまでも元気出したら一番楽しい　椨木クサ子（87歳）宮崎県

数々の老人集めて敬老会みんな楽しおしゃべり楽し　橋口耕一（89歳）宮崎県

赤んぼうを取り上げし手が百二歳のボディを泣かすありがたきかな　花畑シノブ（103歳）宮崎県

さんぽ道とおまわりしておうだんのほどうをわたり見えるはわが家　林　マサエ（79歳）宮崎県

手作りのらっきょう漬で茶の時間体操終えた楽し一時《ひととき》　日置百合子（97歳）宮崎県

飯田さんのそそぎくれにし今朝のお茶茶柱立つをともによろこぶ　日髙イツ子（94歳）宮崎県

大好きなカラオケ歌い声出すと足も気分も晴れ晴れになる　藤　幸子（81歳）宮崎県

曽孫《ひまご》等の卒寿祝いのフラダンス聞こえぬ耳にウクレレ響く　渕脇安雄（91歳）宮崎県

老人の集まる場所はどこにある北郷温泉「しあわせの里」　松浦ミツ子（86歳）宮崎県

青空にセミの声高く夏感じベッドで昼寝目覚し時計　松田忠士（79歳）宮崎県

花見せんてふ介護の意気を喜こべば青空に照る花のいとほし　美原道輝（94歳）宮崎県

デイケアで階段昇り疲れるが動けば御飯とってもおいしい　村橋ミキ（79歳）宮崎県

薬局に買い物に行きくじを引きやっと当たって嬉しかったよ　室屋幸子（69歳）宮崎県

カラオケを歌えば調子はずれたりそれでも歌う九十四の我　森本クニ（94歳）宮崎県

すいか割る自分の姿見て笑う施設の人ら今日は七夕　山本　偲（78歳）宮崎県

宝くじ当たるといいなこの世の夢ナースにお礼と電動車イス

山元次信（77歳）宮崎県

笑いヨガ友達多く出来ました顔のしわより心はずめり

芳野節子（84歳）宮崎県

卒寿越し短歌川柳両股に老い知らずの日日また楽しかり

黄　培根（92歳）台　湾

高齢者の歌⑤

家族とともに

好天に恵まれ孫の運動会家族の笑顔美味《おい》しい弁当　板東チエ子（75歳）北海道

愛妻と午後のコーヒー飲める身に四十年の永き年月　梶川　實（70歳）青森県

娘とてわれの思いのままならぬ老いてかなしく思うなりけり　船水ミサ子（87歳）青森県

金メダル家《うち》の嫁さん世界一輝く笑顔百点満点　飯澤ハル（95歳）秋田県

八人のひ孫可愛いやせいぞろいお盆正月待ち遠しい　佐藤ミヤ（90歳）秋田県

毎晩の娘の電話楽しみで畑仕事の疲れ忘れる　畠山トク子（94歳）秋田県

左手に杖持ち茄子と胡瓜捥ぐそばにわが妻草をとりおり　佐藤親弘（85歳）山形県

子供等よ自分責めるのもう止めて気に入ってるの夕陽の三階　柴田和子（77歳）山形県

初花を一輪手折りて髪飾る夫はずかしくてれくさくあり　青田勝子（76歳）福島県

息子らは四十を越えても独身で孫を見せてよ元気なうちに　大内京子（77歳）茨城県

お煮〆がおいしいからと義母居着き私は二男に嫁いだのだが…　岸波テル子（84歳）茨城県

棚の裏「百まで生きろ‼」と書いてある孫の願いに目頭あつい　鈴木美代子（82歳）茨城県

内孫の修学旅行に一万円小遣い渡すも土産はヤツハシ　人見　毅（86歳）茨城県

朝つゆに輝き光る日出草《ひでりそう》猫ぼんやりと今だ眠そう　横塚益美（81歳）茨城県

じいちゃんの姿見て介護の道孫の声病気して改めて知る家族のきずな
石山和美（63歳）栃木県

使ってね曽孫のくれしスカーフは真紅のバラに蝶の舞う
田端芳子（90歳）群馬県

亡き父が孫を背負いし鎌を持ち働く写真宮城村誌に
茂木美代子（84歳）群馬県

「一緒に帰りたい」と云う惚けし妻半世紀前壊し無き家に
大寺友一（94歳）千葉県

改めて知る息子たち懸命に親孝行に涙ぐむ母
小倉文子（85歳）千葉県

肩痛め気落ちすれども突然の孫の来訪に痛み忘るる
篠崎アキ子（83歳）千葉県

この朝もやさしい夫に起こされて寝ぼけまなこぞやっと起き立つ
高橋妙子（77歳）千葉県

ふくろうの目を見る度にあいちゃんが今頃どうしているかと思う
土屋清美（83歳）千葉県

つかれはて横でながめた夏空は母さんくもか兄弟くもか
長谷川チヨ子（82歳）千葉県

孫娘に車イスの介助受け納涼祭の踊りの輪に入《い》る
廣岡秀子（90歳）千葉県

訪れた孫と語り合う思い出はうさぎときつねの楽しいものがたり
古川幸子（90歳）千葉県

幼な子に買って欲しいとせがまれて出番待ってるワニ柄の傘
新井郁子（59歳）東京都

子より来《こ》し年賀状に末女孫「あそびにゆくね」の添え書きあり
大窪眞子（83歳）神奈川県

柿田川名水とうふメロンがり好みをさがし笑顔のまご
大田紹子（78歳）神奈川県

娘より土筆の佃煮届きたり壁に「惜春」の習字の並ぶ　奥本雅子（93歳）神奈川県

我が娘古稀を迎へてほがらかで今日もお出掛け大極拳に　鈴木春子（92歳）神奈川県

病む足をひきずり歩けば家族等は「オイチニ、オイチニ」と号令かける　風巻　京（85歳）新潟県

吾が手術はねたきりの母に伏せておればどこまで行ったとみやげ待ちおり　河上久美子（82歳）富山県

いいにつけ悪いにつけ親ゆずり今日も冒険はた親ゆずり　松田勇子（83歳）石川県

運良くば妻の病気も治るかもデイサービスの元気加すれば　小林善信（95歳）長野県

ぼくとつと言われるほどに気が良くて人に好かれて息子も還暦　羽生田貴美子（84歳）長野県

孫でなくひまごが面会に来てくれて早く帰ってきてよと握手する　上村きよ子（91歳）岐阜県

春うらら空と仲よしランドセル親も喜ぶひ孫の顔を　太田經子（80歳）愛知県

父の日にぢいちゃんにもとねだるひ孫《こ》やさし絆のうれしき涙　兼子光弘（81歳）愛知県

八十四と七十七の夫妻なり互いに疲れ喧嘩し後悔　神谷　治（84歳）愛知県

花器に挿す自然の枝ぶりそのままに妻「投入れ」の手法で生ける　中山忠義（83歳）愛知県

末娘安希子の腹より雄の子二人喜ぶ祖父ほほえみて　岩谷　眞（84歳）京都府

明けの五時茅の輪くぐりて厄払い末社廻るも子の車イスにて　上月道子（78歳）京都府

風船で遊んで思う孫の事あの子たちは元気かしら　白木八重子（97歳）大阪府
この天気どうかしてほしこげつくわクーラーの下子供思う　高品清子（87歳）兵庫県
大雨で避難せよと息子の声急いで荷物まとめて逃げる　藤原百合子（89歳）兵庫県
「又来るね」嫁のことばに励まされ帰る姿を長く見送る　大谷節美（74歳）和歌山県
五月晴れ鯉のぼり見ゆ今朝の空息子思ひてなつかしと見上ぐ　笹田富美子（92歳）和歌山県
娘来て語り笑いしひとときを別れ寂しさ手を振り合いし　森山美保子（86歳）島根県
老いて尚　母の幻　月に呼び愛は答えず雪月の夜　山崎光保（100歳）島根県
リハビリをもっとと背なを押しくれる夫と娘の支えのありて　山口洋子（75歳）岡山県
親にも「はい」年を取っては子に「はいはい」それが円満子はやさしいし　佐々木美代子（88歳）広島県
蛍とぶこの日次男は生まれけりいま目の前に還暦で立つ　海老澤悦子（91歳）山口県
おばあちゃんここに置くよと料理だす弱視の我に女孫はやさしく　藤永忠子（86歳）山口県
公園でまた遊びたい孫達とユズルとコハル写真と話す　武田富夫（81歳）徳島県
一つ屋根の下に暮らしておればお互いに我がまま言い合う親子関係　木下トシ子（84歳）福岡県
おかげ様家の掃除や料理でき息子の母を続けておりぬ　田中文子（92歳）福岡県

おばあちゃん気持いいねと我が腕の肉をブヨブヨさすりつつ孫《こ》は　長野達子（91歳）福岡県

年上の夫の介助受けをれば反対やろと笑って言ひき　野見山洋子（79歳）福岡県

墓参り毎年参る主人の墓娘と一緒に参りたい　松本廣子（80歳）福岡県

祖母逝きし齢《よわい》となりて今に知る老いの侘しさ気付かざりしを　矢野佐恵子（86歳）福岡県

若き嫁我れの手を取り湯に入り心《しん》が身体《からだ》が燃えそうになる　古賀喜美子（74歳）佐賀県

兄弟が子供の頃の思い出を笑って話すよい正月　田崎カズエ（91歳）佐賀県

お母さん皆送りしにほっとするかみしめまして一筆札を　山口ミツ（96歳）佐賀県

盆迎え灯籠ともす家の中得意料理の豆腐の煮しめ　上田ヒサ子（88歳）長崎県

ばあさんがだご汁作り満腹だ変らぬ味に心がなごむ　高谷圭三（85歳）長崎県

愛娘《まなむすめ》神にめされていまいづこ千の風のり母のところへ　松崎寿美（96歳）長崎県

週二回笑顔の妻と逢えるけど住み慣れた家一番良かばい　荒家熊人（93歳）熊本県

まごの名を忘れし顔のかたえくぼ安らかに暮せる日々のありがたき　今村ミエ子（93歳）熊本県

七十の息子と並び自撮りする見分けつかぬと隣の孫が　大山琢磨（93歳）熊本県

たのしみは交代で来る子供たち今日は何を持って来るやら　北川美佐子（75歳）熊本県

古里はどうしているか気にかかる息子のことや家のことなど
平 キミエ（93歳）熊本県

子供たちいつも元気で過ごしてよたまに面会楽しみしとる
立神アヤ子（87歳）熊本県

ひ孫等に会えたよろこび伝えたし君が召されて早二十年
土橋マツエ（90歳）熊本県

我が子たち今年の夏も宜しくね各家泊まり楽しみたいよ
森本和子（78歳）熊本県

多すぎて孫の名前がわからない教えてくれよ覚えるからね
藪田鈴子（91歳）熊本県

窓をぴしゃりそっとのぞいてないている人の気配に家の犬
髙倉恵美子（90歳）大分県

あのときのいってちがいのひとことがつまとかぞくにめいわくばかり
髙崎一生（78歳）大分県

若嫁が指差す彼方銀嶺が長く連なる大雪《たいせつ》の山
山本 惇（81歳）大分県

親よりも永き命で歌留多取る曾孫の機転に我まだ生きん
折田スズ（88歳）鹿児島県

年毎《としごと》にふえる白髪に娘らのやじる言葉に苦笑いかな
山川康子（93歳）沖縄県

リハビリ兼生きる証しと夫《つま》は微笑《え》む筆力弱く賀状書きつつ
朝熊弘子（84歳）宮崎県

しみじみとなみだこぼれるにゆうがくびかぞくみんなでおいわいをする
井上カツ（100歳）宮崎県

コケコッコーひとり住い吾娘が来る老々介護のひと日はじまる
岩切マス（100歳）宮崎県

白寿祝息子夫婦と一泊で霧島ホテル泪こぼれる
大畑シツエ（98歳）宮崎県

今朝クスリのんだかしらと娘《こ》に聞けば私しらんとそっけない返事　甲斐キヨミ（96歳）宮崎県

年とりてひ孫を抱ける喜びに苦労を忘れて胸一杯　川野立子（89歳）宮崎県

たまに会う成人したるひい孫の姿たのもしうれしく思ふ　酒井和子（91歳）宮崎県

この場所でいついつまでも母親と暮らしていたい私の願い　阪江哲彌（72歳）宮崎県

むすめたち小さいころの思い出は座敷にすわりお人形あそび　佐々木ハツネ（103歳）宮崎県

じいさんと別れる顔に泣きつかれまた抱っこする孫が可愛い　佐藤勝美（96歳）宮崎県

田植えを頑張る息子ありがとう一緒に食べるごはんおいしい　佐藤ミツエ（87歳）宮崎県

息子とは喧嘩はしょっちゅうあるけどね黙っているよ意味がわからん　眞田俊明（87歳）宮崎県

何もかも出来なくなってお父さんと洗濯と家事「うん。美味しいよ」　高木郁子（85歳）宮崎県

厨房に娘三人集りて作ってくれる日日の食事を　田中高穂（98歳）宮崎県

夕方四時半牛小屋の方に行ってみればはみを待ってるかわいい子牛　千坂キミ（87歳）宮崎県

インコ来たミオと名づけて呼んでみるレタスが好きな新たな家族　寺山八重子（77歳）宮崎県

親思い子ども集まる食事会何とも嬉しくまだまだ元気に　土居千代（91歳）宮崎県

夕ぐれの宝石一つ星一つ七夕に子供の健康願う母　中野潤子（81歳）宮崎県

小春日《こはるび》によちよち歩く孫娘ばあばばあばとよろけ寄り添う
中原チヅ子（90歳）宮崎県

子供たち心配して家に来る心配して果物買って
林田徳栄（87歳）宮崎県

はつまごにおとしだまやりよろこぶよばばのさいふがかるくなる
日高チヨ（85歳）宮崎県

母の日に真紅のばらの花持ち来訪ふ子の二人は亡夫《つま》似のやさしさ
福井カツ子（88歳）宮崎県

まごひまご待ちどおしいな夏休み二晩とまり又淋しい一人
福田フクミ（91歳）宮崎県

ひまご二人一年生のかお見ればいっていらっしゃいおかえりなさい
福元美智子（90歳）宮崎県

原爆で亡くし父親行く年も集えし姉弟今は老い身と
松永洋子（85歳）宮崎県

枕もとに声かけくるは夫かしら娘に起こされて仏前を見る
松野テル子（93歳）宮崎県

もう嫌だ！愛しき人や子や孫を戦さの庭に差出す不安
宮崎アサミ（91歳）宮崎県

奥深きスマホの道のり遙かなり娘《こ》のみちびきに明け暮れる吾
守屋富美子（98歳）宮崎県

ようやく卒寿《そつじゅ》まち受けた息子の還暦第二の人生これからだ
八木和夫（91歳）宮崎県

年老いてふへて行くのが孫ひ孫会うとうれしい元気のひけつ
山下キミエ（94歳）宮崎県

遠方より会いに来てくれし甥達につくづく思う有難さをば
山下シゲ（93歳）宮崎県

吾子三人孫七人にひ孫二人みんな幸せ私の宝
山中美代子（90歳）宮崎県

主人亡くどんどん増える孫の数かわいい顔にこころいやされ
吉田知永（57歳）宮崎県

嫁もいいが息子もいいんだ俺もいいぞうちの家族は皆仲良しこよしだ
吉田頼巳（80歳）宮崎県

嬉しいよ子供や孫が会いに来る帰りは涙しじっと動けず
吉浪ケサヨ（95歳）宮崎県

自分ではしつかり歩くつもりでも曽孫《ひまご》小走り腰に手を添ゆ
渡邉ウタ子（95歳）宮崎県

苦を重ね医学位を獲て白衣《びゃくい》着た孫の苦学は我が家の誉
劉　傳惠（89歳）台　湾

高齢者の歌⑥

愛し恋する

おじいさん不安な気持ちどうかして先に逝った愛しき夫《ひと》よ　　太田セツ（94歳）秋田県

亡き夫かえらぬ人と思いつつ十年過ぎても今もふりかえる　　畠山静子（87歳）秋田県

雲間より輝く月を見つめればあの世とやらの君が恋しい　　茂木壽子（93歳）山形県

しんぼうだガンバレ義子《よしこ》もうすぐだ夢の宮崎へ必ず行こう　　小柴末男（83歳）福島県

片麻痺の我をいたわりはげましつ逝きし夫への想いぞ深し　　斎藤文子（78歳）茨城県

水無月の雨降る夜を君といて戻るはずなき歳月語る　　成島和子（76歳）茨城県

温かき手のぬくもりもそのままに今別れ行く人ぞ恋しき　　関口保雄（78歳）群馬県

歳とりて傘寿となりし我なるが夫のささえに心休まる　　木内かつゑ（81歳）千葉県

あじさいのはなにうつりしきみのかげ思いはとおく青春のとき　　佐藤東洋子（77歳）千葉県

相寄りて語れど一指ふれざりし青春の思い出今もあたたか　　柳橋　保（98歳）千葉県

君こいし窓べの庭の花びらも君のひとみに見えるこのごろ　　夏井範治（82歳）神奈川県

丸三年「ベッド」に伏せる吾が妻に添ひて寝たしと思ふことあり　　平澤英一（95歳）新潟県

訪れる春に変わりはないけれども逝《ゆ》きて帰らぬ夫《ひと》ぞ恋しく　　勝野長子（92歳）岐阜県

夫《つま》ゆきて独り計らふ三十三回忌老人ホーム窓辺に満月　　中西弘子（92歳）岐阜県

会うこともできない日々も悲しさも恋のときめきやるせなさ　澤田八千代（84歳）愛知県

八十路とて恋心を知りつくす恥の上《うわ》ぬりするも良しとす　田中律子（83歳）大阪府

七夕も介護施設に身に置きて祈る短冊夫《つま》への感謝　勝地せつ子（94歳）兵庫県

ほろ苦き茶をたてくれし夫の面一人の卓に又よみがへる　伊喜利初子（91歳）和歌山県

週一度付添の人の手を借りて来し夫昔の零戦海軍中尉殿　今井節子（91歳）鳥取県

まなかひのあつき視線を感じつつ心うらはらなぜ目をそらす　田中正子（78歳）広島県

この良き日我に一人の人と思い思いこがして幸多かれと　西山静江（81歳）徳島県

戦争越え苦労の道を携えて歩いた主人《おっと》は遠い場所　金本アサヱ（97歳）香川県

初恋の人今は亡き靖国の神と祀られはるか拝《おろが》む　梅林キミ子（92歳）福岡県

あやまたず夫に巡り会いし事老いて思えばそれだけで良し　岡本マサミ（94歳）福岡県

亡き夫と桜見物行きし日を風に忍びて足を運びぬ　福澤政子（90歳）福岡県

病妻に「エリーゼのために」を聞かせたく八十五にしてピアノを習う　尾堂昭雄（87歳）熊本県

雨の日に思い出すのはラブレターカサをさしての学校帰り　歌岡ツユ子（90歳）熊本県

時おりに夢路にかよい顔みせよ俺より先に逝くは何事《なにごと》は　工藤富士男（92歳）熊本県

幼な子の信じる姿天の川彦星《ひこぼし》の私織姫《おりひめ》の妻
山口為雄（92歳）熊本県

呼吸器の管よりの息安けれど夫はわが手を常握りいし
大塚常代（87歳）大分県

薬屋さんやめたいこともあったけど妻と出会いし初めての場所
宇良宗英（87歳）沖縄県

天国はまだ遠いのかおしえてねまっとるあなたかわらぬ私
阿部マキ子（92歳）宮崎県

朝夕にしずかに深みゆく秋は亡夫想いてなつかしむなり
阿渡治子（86歳）宮崎県

織姫と彦星様はうらやましい年に一度は主人に会いたい
安藤芳子（92歳）宮崎県

夢現《うつつ》九十の坂越えてこしかた恋し次の世も又
甲斐笑子（92歳）宮崎県

初七日をすぎ手にとりし化粧水しみじみはたく吾れ妻なるか
菊谷喜代子（87歳）宮崎県

夫に問う私はすることありませんかおいしい食事を作りましょう
黒木千枝子（91歳）宮崎県

リハビリに妻をたのみのツーショット梅雨のあいまのひかりをあびて
笹野健一（77歳）宮崎県

仏だんのうす紫のりんどうは亡夫《つま》と登山の想い出の花
下薗絹子（76歳）宮崎県

雨の日に嫌がるリハに行く俺の姿を見送る笑顔の妻
白木一彦（83歳）宮崎県

釣竿は亡夫のかたみと恋しつつも再び逢えぬみつめいるわれ
鈴木トシ子（87歳）宮崎県

庭先の今年も咲きし白百合は手植し夫《つま》を偲ぶ寄《よ》す如《が》に
長谷タツエ（90歳）宮崎県

なき夫せっせと植えたみかん苗実も見らずして天国のたびへ

山口テル（91歳）宮崎県

高齢者の歌⑦

友人は宝

春風に誘われ逝きし師が星に眠れぬ夜は夢幻に空を
今　ツエ（85歳）青森県

雨ふりの朝は身体《からだ》が重いけどデイで待つ友思いて笑顔
高桑久子（84歳）秋田県

都会からお墓参りに故郷へ帰りし友と会話楽しむ
大根田満雄（85歳）栃木県

同病の友と語らうつかの間が心ほのかに温かくなり
小沼喜久江（82歳）群馬県

「黒豆を煮るのは上手いよ」の声がする九十五歳の亡友《とも》の笑顔と
齋藤祥子（87歳）千葉県

「いでした」でつらさこらえてあせながし夢と見るのは一緒に廻るデパ地下散歩
伊藤忠平（77歳）東京都

折りがみの手もとにやさし千羽ヅル君の笑がおはとわにわすれじ
奥田多美子（87歳）東京都

梅雨晴れや故郷から友訪ね来る数年振りに嬉しき再会
金崎政子（72歳）東京都

ぬり絵描《か》く色鉛筆も嬉しそうみんなの笑顔はいつでも宝
近藤キミ（96歳）東京都

わが歌集泣きつつ読んだと告げくれし友とは同じ時代を生きて
滝沢勝枝（83歳）新潟県

それぞれの個性に向き合いいい笑顔陰での努力は表に見せず
村井美紀子（78歳）富山県

偲ぶれど願い届かぬ天《てん》の橋はやく楽にと友の手をとる
前川松子（89歳）石川県

友達とガストに行って雑談し美味しいものを食べて楽しむ
武田志ん（89歳）長野県

ただ一人話の出来る友ありて姉のごとくに頼もしきかな
兒玉芳子（89歳）岐阜県

相槌をうちて微笑む空返事難聴の友頑固に守る　吉野君美（91歳）岐阜県

人の名も花の名前もすぐ言へぬお互ひさまと友との会話　溝脇たき（93歳）三重県

介護士の声援友らの拍手あび午後のゲームに病忘れて　小川民子（81歳）京都府

よろめけば優しく手のべささえられ老化を忘れ友とはしゃぐ　酒井清美（92歳）京都府

同窓会お知らせあれど行けないが語り合いたい友が居られる　堀　喜美子（88歳）京都府

老いにつれ恙無しやと問いくれるいくさ忘れぬ元兵士より　爲末富江（98歳）大阪府

娘からもらった万寿くばりゆく友の笑顔の美しきかな　西山阿起ゑ（95歳）兵庫県

この頃のきつい日ざしでクーラーの中友達さそい話花咲く　村上花枝（87歳）兵庫県

デイサービスに心許して身の上を話す人居て共に涙す　小澤ヒロ子（97歳）島根県

老い二人ゴム紐通しボタン付け四苦八苦も上辺は和やか　小野多喜子（83歳）岡山県

デイケアで同級生と顔合わせ思いでばなしに脳よみがえる　長谷川美岐惠（88歳）愛媛県

「香泉荘」と家族に感謝を念じつつ現世を知らぬ亡き友思う　川井三枝（98歳）福岡県

何事も忘れの多い我が身かなそれでも友等のやさしさ失せず　田中タエ子（88歳）福岡県

校舎まえ桜花《はな》の下での待合せ杖ふる友のはじける笑顔　林　文子（87歳）福岡県

もう幾つ寝るとデイケア友が待つ心楽しき人生日和
森脇一枝（89歳）福岡県

百歳の友の仕草の愛らしさ話しかければ手を振り笑顔
渡邊静江（89歳）福岡県

最愛の友が倒れし一年に逢いに行けない心もどかし
石谷キミ子（88歳）長崎県

送迎の車を止めるたびごとに一人二人と降りて減りゆく
稲富静雄（84歳）長崎県

雨ふりに傘がないのに思案顔友達呼んでカルタとりかな
前田キエ（97歳）長崎県

友達と飛んだりはねたりしていたらいっしょに尻もち大声おお笑い
内原光子（80歳）熊本県

手を取られ万里の長城越えたりきその手を恋える九十八のわれ
長尾春海（98歳）熊本県

お昼あとみんなと話楽しくて気付かず私よく話してた
藤本喜江（81歳）大分県

百姓の妻となりきり土の香りが身にしみたりと友はほほえむ
岩本イクエ（82歳）宮崎県

親友が亡くなり七日もう一度逢いたかった話したかった
宇治橋サチ子（86歳）宮崎県

学友よお前《まい》も一杯やらんかと庭石に注ぐ六月九日
碓井　玄（92歳）宮崎県

己が手で躰洗ひて髪洗ふ白寿の媼は施設の誇り
菊池則子（86歳）宮崎県

歩行器で廊下を行けば友と会い笑顔おしゃべり果てなく続く
黒木　脩（88歳）宮崎県

青井岳久方ぶりの顔なじみわいわい言うて酒酌《く》み交わす
児玉勝子（89歳）宮崎県

萌え出づる若芽の如く我が友の影は己の心にぞ住む
圖師サチ子（90歳）宮崎県

足して一八四「ちづ子ちゃん」と「ひさ子ちゃん」デイサービスで呼び合う二人
田代久子（92歳）宮崎県

デイケアに来て見てびっくり同級だらけ昔のようにはずむ会話
西村　久（84歳）宮崎県

まいにちをたのしくすごすわたしかなひともだいじにこころゆたかに
廣島キヨ子（86歳）宮崎県

歩こう会友を手にして語りあう感謝感謝で今日も暮れゆく
前田三郎（85歳）宮崎県

黄昏近づくこの時にこれから青春と元気な友が言う
矢野朝子（85歳）宮崎県

高齢者の歌⑧

想い出は胸に

母の介護もせずに逝ってしまいもう少し待っててほしかった　寺町恵美子（79歳）北海道

亡き母を夢でも会いたいと思う心夢でも会えずに涙する　高岡むつ子（62歳）秋田県

二人してデイの送迎車《くるま》待つ身なり昔の喧嘩今は懐かし　高野新英（85歳）秋田県

若き日にワラビ採りにと通った道今デイサービスに通う道　夏井　廣（88歳）秋田県

生きすぎたと思ふこの頃ふと見れば昔の友等だ〜れも居ない　佐々木雅夫（95歳）福島県

心太《ところてん》‼このみし母をなつかしむあわれ哀しや母恋しぐれ　林　カツ子（85歳）福島県

「妹が残した着物むせえな」と言っても今の人伝わらず　上田久枝（87歳）茨城県

戦死せる二十歳《はたち》の兄は飢餓なりし白木の箱に名札一枚　江端千枝子（92歳）茨城県

父母の墓前に詣で涙しぬ追憶の情日々強まりて　倉金　昭（84歳）茨城県

母さんは子どもの私に背を向けて涙を隠して空を見る　黒澤ふみ（81歳）茨城県

荒川の魚と泳ぎ石を投げ小石に寝転ぶあの頃よ　三角こま（99歳）埼玉県

ピアノ弾く看護師の背にそそがれし瞳悲しき故郷《ふるさと》のうた　秋場忠廣（88歳）千葉県

古里の尾鈴の山よ小丸川恋しかりけり老いて千葉に住み　首藤志保子（88歳）千葉県

ふるさとの山河なつかしむ老いの日々友らと見つけた野いちごの味も　藤山睦子（73歳）千葉県

亡き夫《つま》が迎えに行くと夢を見せ紅さし待ってどの道行くの　関根允子（80歳）東京都

車イス孫に押されて繁華街昔のことを思い出した日　加村安正（82歳）神奈川県

七夕のはたおり姫の織る布をまとひてわれも君をたづねん　杉下信子（90歳）神奈川県

加茂川の栗の裾野の岩ノ村ともに学びし友よいづこに　菅家フサ（102歳）新潟県

亡き母の植えし木犀に寄りそいてあおぐ夜空の月ふかくすむ　米山律子（91歳）富山県

浴室にゆずの香ほのかにただよいて幼の頃を思いいず　西出照子（87歳）石川県

亡き夫《ひと》の二夜続きの夢枕和服姿は生前と変わらず　長谷川みつ子（92歳）福井県

雨の日は亡き夫の言葉を思い出ししみじみとなり涙こぼれぬ　竹居正穂（85歳）山梨県

柿の実に小さい頃の肩車父母のぬくもり今も忘れず　石川勝巳（76歳）静岡県

戦争の時代と同じ飛行雲今日も流れて消えて無くなり　中井　勇（91歳）三重県

同世代昔話に花が咲き戦中戦後の耐えしを想う　齊藤弥寿子（88歳）滋賀県

潮干狩り昔よくした懐かしい今でもアサリ居てるんかな　田中ツヤコ（98歳）大阪府

若き時富士を登りし思いでは我の心に深く染みおり　平塚弘子（85歳）大阪府

セピア色写真アルバムひろげつつわが青春のかえらずの日日　工藤元枝（94歳）兵庫県

母の事天国に行ったあつい所か寒い所かさむがりの母　宮垣和恵（80歳）兵庫県

インパールの慰霊碑にわれ妻として参るは最後の一人となりぬ　橋本多津子（90歳）奈良県

昔はね女子はあみものつくろいを男子は遊具を作ってくれたよ　杉本久常（67歳）和歌山県

戦時中苦労少なくのり越えたヤギの花子が家の恩人　竹中泰三（89歳）和歌山県

長生きし悲しみも多し戦争の記憶の傷は剥ぐべくもない　飯島とみ子（96歳）鳥取県

引揚げの苦しみ語る父母も亡く我れは九十路《ここのそじ》の齢を迎う　山﨑巳代子（89歳）鳥取県

老いてなお父の背中の生き字引意気に感じて胆に銘じて　花本正昭（76歳）島根県

歳かさね支援の席に今日も座し戦中戦後の若き日のこと　風早治子（86歳）岡山県

幼子の笑顔うれしき夏祭り我若き頃の思い出懐かし　迫谷花子（93歳）広島県

車椅子人に頼らず頑張れと祖母の教へを守りて生きる　泰地朝子（96歳）徳島県

送迎のバス通る道覚えあり夫ありし日の山菜ロード　小笠原千鶴子（83歳）愛媛県

「かえりたい」いつも遊んだ馬路《ばろ》の山まぶた閉じれば七つの私　西内　薫（93歳）高知県

ポカポカと春日をあびる背の温み土に屈みし母思い出す　大前八重子（85歳）福岡県

苑庭より見ゆる周防《すおう》の海の先わが故郷《ふるさと》が遠くかすめり　小西悦子（72歳）福岡県

寮母さん柘榴《ざくろ》の話しってますか亡き母教えた怖い話を　今　藤子（93歳）福岡県

晩ごはん一緒に食べたいおとうさん外食したのがなつかしい　薄　昭子（90歳）福岡県

亡き母が畑レンコンと言いしこと思い出しつつオクラを植える　高野芳昭（91歳）福岡県

もうたれも住んではいない友の家しんかんとして春の日のなか　髙橋美砂子（91歳）福岡県

手の平にとうふ一丁のせて切る母の寄せ鍋旨かりしかな　田中巳智代（89歳）福岡県

死にたくない四十二歳の弟は桜咲く朝涙して逝く　楢﨑タツヱ（88歳）福岡県

母親のごとくやさしく声かけるとなりの方に母を偲びぬ　日隈トヨミ（76歳）福岡県

道の辺の赤く色づく草いちご一つつまんで幼き頃に　山口節子（76歳）福岡県

秋うららほしくさもえて天ぷらの子供の頃の母の思い出　行友富雄（81歳）福岡県

母居ない六畳の間に独り座すローソクの灯《ひ》も寂しく揺れて　川下正樹（73歳）熊本県

なつかしいともとかたりてつれづれにおもいでばなしはずむこのひと　鈴木ハルヨ（93歳）熊本県

楽しみだ寿しと買い物観光と二十年勤めた思い出の地へ　角田幸子（86歳）熊本県

楽しいな母校の生徒来るそうな七十年の思い話そう　西田和子（90歳）熊本県

牧草の匂い乗せ来る初夏の風和牛《うし》引く亡夫《つま》のおもかげ浮ぶ　益田喜美子（81歳）熊本県

今は亡き先祖が残した田畑《でんばた》の荒地ながめる夏の夕べに
森田洋子（85歳）熊本県

亡き姉がよく唄ってた「目ン無い千鳥」夏の夕べに口ずさみおり
米川恵美子（85歳）熊本県

父の日や追憶される夏座敷碁盤碁石に胸痛む尺八
池田妙子（87歳）鹿児島県

ふるさとのほたる飛びかふかの小川いかになりけむ知るよしもなし
西田豊穰（85歳）鹿児島県

月桃を見ればついつい思い出すムーチー作り名人の母
友寄順子（74歳）沖縄県

※ムーチー　子供の健康祈願をする沖縄伝統のもち

雨　雨　ふれふれ母さんがおうちにかえるぞワッショイ　ショイ　ショイ
天野和子（79歳）宮崎県

肌寒さふと目がさめて見まわせば遠い古里阿蘇は見えない
家入幸雄（87歳）宮崎県

青空の空を見上げて何想う思い出すのは今は亡き人
石井可南（69歳）宮崎県

田犂《たすき》掛け早朝馬引いたなつかし日今年稲色づき我が子機械で
石本スマエ（93歳）宮崎県

思い出を短歌によんで書きとめてすぎしあのころまたなつかしむ
伊藤利美（81歳）宮崎県

かへりたいああかへりたいあの頃にスケートくつでかけぬけた日に
岩下卓（92歳）宮崎県

夢に見る南十字の星遠く九十六歳老兵かな
上野忠（96歳）宮崎県

思ひ出の一番は延岡空襲鐘の音ききつつ燃える家消しき
太田喜代子（104歳）宮崎県

きしわだのだんじりをみておもいだすわたしのかれしいなせなすがた
小田藤子（80歳）宮崎県

社会人初の年賀の上司の名定年になっても思い出される　小野円造（86歳）宮崎県

若き日の猪《しし》を射止める夢を見し今八十四の年男なり　上村和敏（84歳）宮崎県

亡母の齢となりて思ひ入る人生一生夢の如しも　岸本弘子（91歳）宮崎県

さるすべり母に見せたいさるすべり今なき母のおもかげの花　工藤恵子（76歳）宮崎県

雨の日は亡き母思う目に浮かぶやさしい笑顔いくつになっても　児玉シヅ子（104歳）宮崎県

友が逝く一抹の淋しさ感じつつここでの会話を思い出す日々　小寺裕子（85歳）宮崎県

我がの為家族の為に働いて生きる楽しさ良き思い出に　坂本シキエ（85歳）宮崎県

職退きて早や幾年を過ぎたるも端末機操作想いに浮かぶは　坂本房子（87歳）宮崎県

百歳まではガンバロと共に誓った親友の我より先に黙って逝くなり　椎　ヨシコ（99歳）宮崎県

我ままな九十二歳の若者が過去を自慢し戦時を語る　田和一吉（93歳）宮崎県

岩坂や涙こらえた夢のみちお姑さんおけさの踊り懐かしい　田中ハツ子（92歳）宮崎県

おさな子を背にゆわえつつ野良仕事思い出遠き若き日の我　那須チヒロ（87歳）宮崎県

日本《ひのもと》の南方派遣幾年《いくとし》か桜花となりし残島《ざんとう》の戦友《とも》　西ケ野九平（95歳）宮崎県

さつま芋施設のおやつ母の味今日も芋かと幼き日々を　日並サチ子（87歳）宮崎県

フィリピンバギオに埋る君が居る見せてあげたし高鍋の街
宮越辰夫（90歳）宮崎県

まようとき思いだそうよははのこえ力わきでる日常生活
山内シズ子（75歳）宮崎県

古里に帰りて見れば母の名ごりお茶摘む指に香りなつかしむ
山岡ツル子（86歳）宮崎県

此の部屋で飲みて食べては昼寝もしここが一番決めたはずなのに
山下静子（84歳）宮崎県

秋の山追われ来たれる岩の上鳥も悲しむ終戦後かな
横山トミ（87歳）宮崎県

高齢者の歌⑨

自然を友として

葦簀《よしず》あり射し込むひかり快く涼を味わい絵ふで持ちたり　板橋壽子（90歳）宮城県

電線のすずめ達に声をかけ一人暮しの寂しさまぎらす　大越カネ（90歳）秋田県

腰をまげ歩行器を押す吾が影のあわく映りし夕日さす道　大山勝榮（86歳）秋田県

花の根よどぶにすててもよみがえる月の夜に見るまぼろしの花　鎌田照子（87歳）秋田県

五月晴れ色よく咲いたテッセンに情け知らずの雨と風　鈴木キヨミ（91歳）秋田県

アカシアの雨にぬれてる六月のすぎゆく月日早すぎるなり　畠山房子（65歳）秋田県

春来たと思う間もなく夏になり時節の変り目おどろくばかり　三浦チヨ（91歳）秋田県

ゴーヤ苗パイプにからみ伸びてゆく梅雨にうたれてみどりあざやか　目黒タニ（85歳）秋田県

アジサイの雨にぬれてる花まりの色あざやかに立ち止るなり　吉田一男（79歳）秋田県

畑の道花を取ろうと畑の丘道を行ききしている女のすがた　菅野吉男（89歳）山形県

出羽富士に種蒔き爺さま現れて田植急げと云ふがごとくに　鈴木幸雄（83歳）山形県

ラッパ咲きカボチャの花ふづきかな黄金色して照らす喜び　甲斐建次郎（81歳）福島県

虹が出て今日はいいことあるのかな僕の心はルンルン気分　塚原利郎（65歳）福島県

早朝から己れ一番となくせみ時雨今日一日がんばって　布施タマ子（72歳）福島県

ガーデンにたわわに実るやさしい実トマトはなまでナスはおしんこ
飯山洋子（60歳）栃木県

樹の下に若葉の風の吹きとおる静かに吐ける蜘蛛の白糸
篠崎正雄（87歳）栃木県

つばくろや今が盛んに巣造りし丸い目玉と口開けている
須見留吉（94歳）栃木県

強風にひれ伏すごとく竹やぶの息吹き返しまた立ちあがる
平渡トク（92歳）栃木県

車椅子押す子の指す梢には中天にかかる淡き月影
大前亮次（88歳）群馬県

家背負いでんでん虫が雨の日に滑りを早め我が道を行く
岡田价七（90歳）群馬県

茜空山なみ燃えて蛙鳴く静かなりふる里美しきふる里
岸野三枝（91歳）群馬県

ひそやかに清らかに咲くつゆ草の花のこころに余生を生きよう
土田須美（95歳）群馬県

梅雨明けて祭りばやしがふりそそぐ鎮守の森に兜太の句碑に
新井　進（85歳）埼玉県

梅雨入りて潮来祭りや花菖蒲あやめ寄りそい舟こぐおとめ
神田金助（95歳）埼玉県

梅雨の雨色あざやかにあじさいの雨のしずくも虹の輝き
島村美津子（88歳）埼玉県

近頃はコンクリートで囲まれたそんな中にてコオロギの声
新井茂男（74歳）千葉県

朝起きてカラス鳴くなりベランダで今日の天気真っ青な空
苅谷かなゑ（95歳）千葉県

夕ばえに蝉鳴く声がなつかしく今日もうれしくわれ聞いている
髙井キシ惠（82歳）千葉県

久しぶりに見た赤トンボ飛び交いて子供の頃を懐かしく思う　高木ゆき（90歳）千葉県

夏の夕うぐいすラインを帰る人しばし見惚《と》れる蛍かな　中村昭八（85歳）千葉県

穏やかな北国の空五羽の鳶五輪のマーク画《えが》いてピイヒヨロ　中村久枝（93歳）千葉県

道草の花衣替え何人も気付くことなく花微笑むと　奈須千明（81歳）千葉県

湯船にて虫のかなでるコンサート濁世のなやみしばし忘れじ　成島玉枝（79歳）千葉県

真白な花かんむりかぶりたる大木の名は「なんじゃもんじゃ」　橋口妙子（70歳）千葉県

日は昇り施設の庭にうぐいすの美しい声朝を告げ来る　広瀬洋一（87歳）千葉県

風さやか青さいやます稲穂波自然の恵待つ豊の秋　渡辺弘子（87歳）千葉県

猫の声冬空ひびくソプラノか時にはアルト恋のかけ引き　佐野ひろみ（68歳）神奈川県

おれのとこきたとひがしにやまとやまいまにこがねのはなさくたから　柴田春夫（73歳）神奈川県

梅雨あけてセミなかずウグイスないて変ですね　水小瀬富美恵（85歳）神奈川県

若竹ののびる早さや吹く風にはらりはらりと衣をおとす　梅基光枝（86歳）富山県

我こそが一番なりと躑躅花《つつじばな》競いて咲いて客待ちておりぬ　熊谷いのゑ（91歳）長野県

千曲川涼しき流れささら波李白を偲ぶ刻のあるとも　齋藤　潤（91歳）長野県

静寂の間にまに聞こゆカッコウの声鳴き渡り時間《とき》告げる　佐伯有立（74歳）長野県

春惜しむ姿を見せる浅間山今朝は煙の少し多かり　酒出　舁（88歳）長野県

風かおる新緑の朝うれしさや心の中までしみとおるうれしかな　大場康子（70歳）岐阜県

あじさいの花一輪が水の中見るもあざやか心すずしい　纐纈とも江（94歳）岐阜県

シャラの木に又咲いたよとよろこびのいっぱい咲いてと白色の花　佐々木澄子（79歳）岐阜県

稲田干しお玉じゃくしがひかひかにひどいことをととんびき怒る　渡邉廣男（84歳）岐阜県

窓越しに見えてる木々は新しいみどりに染まり早や初夏となる　市川文子（86歳）静岡県

愛鷹のうしろに見ゆる富士ヶ嶺に夕陽かかれり一人見入る　小掠せつ子（89歳）静岡県

カーテンの裾より入り来る水無月の風の涼しさ夕べの至福　森田　緑（93歳）静岡県

夏のよい三歳《みとせ》はぐくみ月下美人見るまにしぼむ命はかなし　赤松美代子（100歳）愛知県

大正のリズムに合わせ腰伸ばす施設の庭に紫陽花の青　杉浦美江子（93歳）愛知県

立夏だね額田の里にせみのこえみどりの山に秋風吹くよ　田辺歳子（83歳）愛知県

やわらかき柿の若葉を手に取れば夏の足音間近に聞こゆ　石川房子（85歳）三重県

延び過ぎしきゅうりの手入れ精を出す夕焼け空を妻とながめて　谷本隆俊（91歳）三重県

若草や濃き緑葉の移るころ人はすずしい色に更衣す　川北菊重（91歳）滋賀県

梅雨晴れま田圃《たんぼ》にさぎの舞いおりてえさついばみぬ午後のひと時　田崎喜代子（91歳）滋賀県

夏が来ると裏山に小鳥や蝉が来て泣く声に昼寝をすごす　橋本儀一（84歳）兵庫県

裏山でうぐいすないて今日も又青空すみて飛行機雲　宮本君子（88歳）兵庫県

夕刻に猛スピードの滑空を流石《さすが》燕だ飽かずに見入る　鷲尾啓子（73歳）兵庫県

降りて止み止みて又降る梅雨の度赤い「ゴテチャ」に心いやされ　岡本ヨシ子（92歳）奈良県

グライダが山越え山越え飛んでいる一機と思えば又一機　堀本正起（91歳）和歌山県

宮崎は南国なりと気付きたり空港に見た椰子の並木に　川上京子（88歳）島根県

目があるのか耳があるのか豆のつる支柱そえればもくして上る　今城恒子（94歳）岡山県

ふる里の庭に咲きたる紫陽花は匂い放ちて雨すべらせて　植田美代子（89歳）岡山県

冬すぎて春来たるらし養老の庭に桜の匂ふ頃かな　福田ヨシノ（93歳）山口県

木蓮のクレオパトラの二度咲きを今か明日かと梅雨の庭見る　吉永榮子（87歳）山口県

寒さ緩む庭の牡丹の赤き芽をまぶしみて見る腰病《や》む二人　内田久枝（81歳）徳島県

つゆ空にれんこんの葉がゆれ動く大きな葉にはのぞみあふれる　坂本素子（88歳）徳島県

台風でみんなザワザワ落ちつかん雨かぜふいてみな落ちつかぬ
菅　いさゑ（89歳）徳島県

青春の採り深く秋たけて明日《あす》の命に燃ゆる紅葉《くれない》
渡辺福夫（85歳）徳島県

リハビリ中窓ごしに見るスモモの木赤く熟してだれをか待たん
藤原秀子（81歳）香川県

うつろいて緋のあせてゆく紫陽花に今日の終りの残照とどく
浅見真紀（93歳）福岡県

いただきしポン柑の苗木を陽当る場所に深く植ゑたり
伊藤文枝（90歳）福岡県

山裾の施設の庭の片隅に納骨堂ありうぐいすの声
岩嵜貞夫（88歳）福岡県

金毘羅の池にて泳ぐ合鴨の緋鯉も共に泳ぎ居るかな
大場チヱ子（81歳）福岡県

何気なく琵琶湖の風に背を押され玄界灘の風吹く街へ
尾田昭代（91歳）福岡県

芍薬《しゃくやく》の花のようやく開きそめ独りの部屋の夕べ華やぐ
加来和江（88歳）福岡県

明るさにみとれてしまうひざしなりこの葉うかれておどりおどって
髙嶋ミサコ（88歳）福岡県

あじさいの葉陰に宿るあまがえる雨を呼び込む雨ごいの主
高山長子（85歳）福岡県

溜池に水は漲る嬉しさよ明日の夕立ち早や気にかかる
手嶋チヨ（93歳）福岡県

頭《こうべ》垂れ稲穂の実る里山にすずめが勝つか案山子が勝つか
原田　惠（87歳）福岡県

いやいやと椿の枝がいってます揺らさないでね静かに活けて
藤川ユキエ（92歳）福岡県

故郷の尾鈴の山に雪積むと母の便りの秋の夕暮れ　藤田レイ（95歳）福岡県
春の日に咲き乱れしき野の花も六月《むつき》となれば雨を待つのみ　片山美智子（89歳）長崎県
初夏の風裏の花々台風も願いかなえてよけていく　木村千壽（91歳）長崎県
目覚めればスズメのさえずり楽しげに朝の挨拶忙しい　作中和子（79歳）長崎県
体調の定まる時は短きが五本のトマトに支柱を立つる　町田典子（64歳）長崎県
満開の桜の花を見ているとこの世のつらさしばし忘れる　上田千鶴子（91歳）熊本県
夏の日に姫ひまわりは咲きさかり小さき黄花その名もやさし　梅谷キサエ（90歳）熊本県
さみだれに青空見えてせんたくもうれしさあまりおどりだすかも　浦田シヅノ（83歳）熊本県
朝の雨カエルの声もにぎやかに田植えするよとよびかける　金光ヒロ子（97歳）熊本県
梅雨ですね続くはいつも雨ばかりでも大事です恵みの雨は　坂本アヤノ（91歳）熊本県
さむ空にすっくと立てりケヤキの木裸木《らぼく》の枝は空に伸びたり　坂本イクヨ（88歳）熊本県
あじさいの花に見とれてきれいだと若いころの我身と同じ　笹田タミ子（78歳）熊本県
川端にあじさいの花きれいだな梅雨花だから雨にまけるな　永田洋子（88歳）熊本県
青々と盛える校庭子供等の明日の姿生き生きと見ゆ　福田伸人（93歳）熊本県

さ庭辺の木々の小枝に小鳥たち小さい声で何をささやく　古荘喜佐子（90歳）熊本県

裏山でウグイスの声ホケキョとナキ声高くナキツヅケテル　松永アツ子（86歳）熊本県

つゆぞらにほのかにあたるひのひかり雲の間に夏の空あり　松本淑子（91歳）熊本県

夏草のしげりに負けず一本《ひともと》のあぢさいの花こぼれんと咲く　横手澄子（91歳）熊本県

草むしり畑の事はおまかせを雨にも負けず風にも負けぬ　諫元ヌイ子（93歳）大分県

ナツアカネ飛び交う様《さま》がオニゴッコ追いつ追われつ尽きることなし　岩崎幸親（67歳）大分県

花のさだめ朝咲いて夜の花夕ぐれはすがたなしかつきみそう　鍛治谷ノブ子（82歳）大分県

雨あがり窓をあければそよ風にのってきこえる鳥のさえずり　江田千代子（71歳）大分県

子のごとく師のごとく六十年育てし梨の木に一礼をする　後藤信子（91歳）大分県

来年も又ねと桜が肩を撫で命あるごと風に散りゆく　財前春子（89歳）大分県

田植え済みゲロゲロかえるなきだした田んぼの水が空に浮かぶよ　嶋田節子（88歳）大分県

散歩道コスモス揺れて秋日和青空あおぎ故郷想う　宗　暘子（86歳）大分県

山奥の小さな田ん圃整然と田植を終えて水満々と　原口五月（86歳）大分県

雨降りは傘やらささなきゃ面倒だできればいつもおひさま見たい　日高正昭（91歳）大分県

つゆ空にホトトギス鳴くも姿なくリハビリ止めて耳かたむける　松川真代（82歳）大分県

梅雨のあと色とりどりのあじさいが目にとびこんでほっとため息　矢羽田吹子（61歳）大分県

つばめなく園の二階に巣を作り子にエサ運ぶ母忙しき　平田ノリ（96歳）鹿児島県

灰の降る硫黄山は若葉時思い出多きふる里の山　藤井玲子（84歳）鹿児島県

ばん秋のカンナの花の美しさ過ぎし真夏のあつさをわすれ　有村エツ子（86歳）宮崎県

水無月に梅雨があるとは面白き神のあそびかこよみのなぞか　石神カヲリ（95歳）宮崎県

さわさわと葉っぱがゆれてすずしさが夕ぐれにますしあわせと思う　伊集院ノリ子（92歳）宮崎県

春雨に毎日続く雨ばかりゆっくり散歩南風《みなみかぜ》吹いてきた　井野幸子（79歳）宮崎県

美しい夏の晴れ間のにわにあるきらきらゆれるあじさいの花　井原律子（87歳）宮崎県

花便りつつじに藤に新緑と高速を行く老いを忘れて　入佐美智子（85歳）宮崎県

水清し小川のほとりあばらやに気づよく生きて八十余年　岩屋サエ子（86歳）宮崎県

空を見て雨はいらんと思うれど歩く日も無しこの一日を　内田銀子（89歳）宮崎県

雨降りを誰が喜ぶかたつむりそれともかえるあじさいロード　内竹節（84歳）宮崎県

蒼き風野辺の草花踏みしめて歌材料集めのリハビリ楽し　内田貞（83歳）宮崎県

梅雨時期に家の中ではじめじめし色あざやかなあじさいの花　江口君子（61歳）宮崎県

ま白なるくちなしの花うつくしと手折《たお》れば葉のうら大きないもむし　枝本佐和子（95歳）宮崎県

ほしのそらちじょうたなばたにせているほしぞらならびたなばたのそら　大坪国利（77歳）宮崎県

大空に浮かぶ高千穂山波のすそ野に映える山桜花　岡元主税（87歳）宮崎県

山鳩の三年振りに声をきくデデッポポーと朝もやの中　小野寺茂子（86歳）宮崎県

公園の椅子に憩えば菜の花の畑一面に風に揺れおり　甲斐千恵子（79歳）宮崎県

水無月《みなづき》の雨に打たれて七夕のこの雨いつに上がるのでしょう　甲斐松子（80歳）宮崎県

トラクタのすたこら辻を芒種かな小雨の中をあちこち見てる　上久保年治（78歳）宮崎県

五月晴れ天高くまいさえずりてこの世の春を我がものとする　河野幸一（84歳）宮崎県

五十年《いそとせ》を越えてみどりの森となる運動公園に播かれし木の実　久島昌志（86歳）宮崎県

散歩道花が咲いていてた紫の採りたいけれどそのままおいた　久保田キヨ子（81歳）宮崎県

どこで鳴く春を知らせる鳥の声我も口笛笑うウグイス　栗澤繁男（90歳）宮崎県

紫陽花の葉っぱの裏にかたつむり一匹目に青葉濁流の爪痕悲し涙ぽろり　黒木ヒロ子（89歳）宮崎県

初夏の卯の花去り行けど今も隣に居る気持ち朝夕に話しかける　黒肱利昭（80歳）宮崎県

風雪を刻みし梅檀《せんだん》芽吹く春カヴォリの聖心馥郁《ふくいく》として　髙妻甲継（74歳）宮崎県

すくすくとまわりを気にせず伸びゆく竹どんな最後にたどりつくやら　小城春子（97歳）宮崎県

オニユリは植えたのは妻か長雨に背のび今年も華麗に咲いた　坂下辰志（78歳）宮崎県

かたわらの蕾の木々に先立ちてハラハラと散る山桜花　佐藤多以子（84歳）宮崎県

ベランダで暮れゆく夕日一人じめ人に見せたい此の茜色　菅　キミ子（92歳）宮崎県

さんぽするあゆみのまえにとんぼとびあきがきたのをなつかしくしり　鈴木静枝（93歳）宮崎県

あじさいにかたつむりのっかってたのしそうつゆあけてサーフィンにせい出す　鈴木良子（82歳）宮崎県

滑るなよとまった俺の禿げ頭居心地いいかハエがチューを　園田睦康（89歳）宮崎県

梅雨明けの暑さしのげと傘をさし真赤なトマトも傘もらい　髙井ヱミ子（90歳）宮崎県

風が吹き木の葉ゆれてるすずしげに石段すわり外を見る　高木絹枝（80歳）宮崎県

雨降れば花はいっぱい涙ため乙女心のアジサイの花　竹下ハツミ（95歳）宮崎県

酒瓶に挿された花の様々にほろ酔い加減の色に染めあげ　竹下由紀子（90歳）宮崎県

満開のツツジの園の昼餉どきカラスが一羽餌をついばむ　田中キヨ子（87歳）宮崎県

門川の茜空ゆく鳥のむれおくれし一羽我を重ねる　田中　典（86歳）宮崎県

最果ての小樽の海の豊漁に市場活き活き海老動きおり
永井シノブ（86歳）宮崎県

焼跡の庭片隅にくちなしの花咲き匂うそっと寄り添い
長友節子（87歳）宮崎県

カミナリヤイチバンコワイイナビカリゴロゴロナッテユウダチガクル
永良キヨノ（91歳）宮崎県

花が咲く青いあじさいなめくじの歩きのおそさ私に似てる
萩原伊都子（85歳）宮崎県

施設来て早や九ヶ月とんぼ舞いお盆の近いと知らせ呉れたり
服部ヨシヱ（86歳）宮崎県

梅雨どきに紫陽花《あじさい》道路《ロード》見頃かな水面に映る華麗なる虹
浜田強司（80歳）宮崎県

たんぽぽやふまれて強く花さかす綿毛となりて子孫のこすや
濱田ユキ子（86歳）宮崎県

玄関のドアに写る我が庭の「ゆうゆうの森」初夏の風景
林　喜美子（69歳）宮崎県

電線につばめ止まりてドレミソラ美しき空明日も晴れて
林田サツキ（92歳）宮崎県

つるにはうつゆばなにはうつゆばなのはなさくつぼみあさがおのはな
原　トシ子（82歳）宮崎県

たんぼには風なみうちミドリありはや早期米の収かくかな
原　嘉道（91歳）宮崎県

病窓より見えし早苗の田のあぜにれんげ咲きたりつばめ舞う梅雨
東川内克夫（78歳）宮崎県

花園は十次の庭で人を呼ぶ桜吹雪で心洗わる
日高郁代（90歳）宮崎県

梅雨晴れて窓に映りしあじさいはむらさきの色みずみずしくて
日野せい子（86歳）宮崎県

あまのがわとおきわたるにあらねどもきみがふねにはつきのこそまで
平田エミ子（87歳）宮崎県

むかばきのはたけいちめんにきいろの菜の花ばたけ美しい
平野幸恵（62歳）宮崎県

あじさいのあおあおとしてそらにうききれいにうつるなつのあおぞら
比良元トミ子（88歳）宮崎県

名も知らぬ美しき花見つめれば胸がしっとり心が晴れる
古澤　操（83歳）宮崎県

かぜ吹けばもしやとまどをあけてみる十五夜の月くしりなくてらす
細田由美子（94歳）宮崎県

朝起きて窓をあければ電せんに二羽のすずめがとまつてゐるよ
宮越典子（90歳）宮崎県

「森」の隅気付いて欲しと咲いてたか小さな白いタンポポ一輪
緑川ミツヱ（88歳）宮崎県

跳んで見つける川魚をとんび飛ぶ緑の山に清き川
柳生成康（73歳）宮崎県

子供の頃よ夕ぐれ山の家じにかえるとりのなき声
山口トシ子（91歳）宮崎県

夕空を映す鉢より水を飲む鳩よ金魚の行方知らぬか
山崎レイ子（85歳）宮崎県

梅雨入りの雨のふる日はさみしいなあじさいさいてきれいな雨だ
山本まつ枝（65歳）宮崎県

アヤメ咲き見学行く前の日に雨降り行けぬ今年はダメダ
横山きり（97歳）宮崎県

きれいだな紙で作った紫陽花の五つの色が鮮やかに咲き
吉田シズ子（87歳）宮崎県

入梅と見事な筆致見詰めつつ外は大降り梅雨最中
吉野泰弘（83歳）宮崎県

ネムの花やっと目ざめてうれしいなしばらくの間ねむらないでネ
米倉ミワ子（80歳）宮崎県

水張りし田は眠たげに淀みいて坂元棚田は人待ちている
渡邊悦子（85歳）宮崎県

枯れ木にも花を咲かせる朝顔や慈悲の化身か頭が下がる
陳　清波（87歳）台　湾

高齢者の歌⑩
社会を思う

悲しきは少子高齢化という時代子供に出合いてホッとするなり　新居孝郎（90歳）岩手県

大震災で家屋田畑が流されて「長生院」の介護を受けて　佐藤　秀（92歳）福島県

パンダの子ラジオ聴くたび可愛くて飼育係の苦労思いつ　石原すみ子（91歳）東京都

戦記読む阿鼻《あび》叫喚《きょうかん》声も無し今の日本が愛しゅうてならぬ　大塚　保（90歳）東京都

雨季により世界中の知恵あつめ助け出したり少年十三人　藤森芳子（77歳）東京都

マスメディア森加計《もりかけ》ＴＯＫＩＯアメフトと中身みな同じ〆栃ノ心《しめとちのしん》　松浦勝也（73歳）岐阜県

毎日が不自由なく暮してる身災害の人達の気持いかがばかりと　丹田恵美子（84歳）兵庫県

幾世紀のちの地球を思ふなり「月の砂漠」を歌ひてゐるや　山本博三（90歳）和歌山県

平成のつぎなる世の日穏やかれ老い身にあまる徳《とく》や雲まへ　佐藤恵子（76歳）広島県

おお雨が夜中に降ってひなんするあしたのぶじをみんなでいのる　江嶋貞義（66歳）福岡県

災なんにあわれた人に手を合すがけくずれテレビを見るといたましい　大隈マサカ（95歳）福岡県

ひなんしてしぜんのこわさみてあぜんとした職員の声かけで二階へのぼる　寺岡スミ子（76歳）福岡県

震災は忘れた頃にやってくる神戸であってまた熊本で　広瀬笑子（91歳）熊本県

ＴＶいう最高気温三十九度要注意既に死人も居るという　三ッ川昌信（83歳）熊本県

争ひの昭和すぎて穏かな平成よりも良き次年号
中村トシ子（87歳）鹿児島県

梅雨なかば荒ぶる風の収まりて山肌崩れ家を呑み込む
有松長徳（91歳）宮崎県

大曲花火見ました浴衣姿のアナウンサーらの解説つきて
大山千代子（89歳）宮崎県

わが住みし施設の中を眺めると苦しき世代皆生きし人
児玉榮雄（94歳）宮崎県

梅雨《ばいう》時期各地に豪雨いつ晴れる被害甚大終わるを祈る
猿渡美根男（94歳）宮崎県

雨の時期全国各地で大変な被害が多い梅雨明けを待つ
鈴木博美（91歳）宮崎県

今日も雨嫌な台風強くなる悪い台風早く立ち去れ
長友クニエ（89歳）宮崎県

生きてきた大正昭和平成と四つ目の年号楽しみに待つ
三角　幸（98歳）宮崎県

高齢者の歌⑪

ふれあいを求めて

生き生きと歩く姿は百合の花?デイサービスで今日も楽しく　五十嵐良子（83歳）秋田県

待ちわびて週一で逢う笑い声元気湧き出る皆のやさしさ　石川志保子（82歳）秋田県

週いちのデイサービスを楽しみに腰の痛みも忘れる思い　伊藤マサ子（83歳）秋田県

中庭にバラ眺める人集い来て園の老人心がなごむ　越中正一（87歳）秋田県

初物の山菜食べて元気良く今日も楽しくデイでの一日　大高鐵子（89歳）秋田県

いつもより少し早起きデイの日は鏡を見てはファッションチェック　大森トシ子（87歳）秋田県

ひばり園笑いあふれるいいところ今日も一日楽しく過ごす　鎌田ヨリ子（80歳）秋田県

こんにちはいつかどこかで見た顔とデイサービスで思い出す　武田　潔（89歳）秋田県

友だちとデイサービスに通う日は誘い誘われ車待つ朝　武田ユキ（84歳）秋田県

桜舞う二つの影にちらほらと幸せみえる姿美し　田中良子（69歳）秋田県

「ひばり園」出合いうれしい和《なご》やかに心やすらぎ足どり軽く　目黒輝雄（68歳）秋田県

運動会バトンもらってきんちょうし体ガチガチ胸ドッキドキ　目黒ハル（88歳）秋田県

ひばり園温泉はいってあったまりリハビリはげんでご飯完食　本川綾子（74歳）秋田県

かぞえれば人のはなしにわらいあり一しゅうにいちどのデイケアに行く　本田美代子（78歳）福島県

意のままに成らぬ我身をくやみつつナースの足音耳すましまつ　渡辺くに（92歳）福島県

楽しみに毎日来たい「恵苑」お風呂入ってお話しして　武石きよ（83歳）茨城県

大声で話す人ほど元気なりホームの朝はみんなにこやか　広瀬令子（88歳）茨城県

おトミさんくちをひらけばぬすまれたなんやかんやとやすむひまなし　岩﨑清一郎（70歳）栃木県

ホーム内歌の刻には若き日の流行歌にて心なごめり　大貫静江（91歳）栃木県

車椅子押さるる人も押す人も花を見上ぐる顔のおだしき　大平ヨシノ（97歳）栃木県

あらうれしきょうもあのこきてくれたぬりえしゅうじぼけるひまなし　岡田　豊（93歳）栃木県

老健の恒例イベント露店前むれて親しむ天高き日の　山田絹代（78歳）栃木県

葉桜の緑のむこうに声きこえ親しくなりて五年の月日　江原和子（86歳）群馬県

フラダンス皆で楽しむ土曜の日あっという間に時間が過ぎる　北村糸平（89歳）群馬県

にぎりしめ杖をたよりのリハビリで老いをわすれてかけ合う笑顔　原澤愛子（91歳）群馬県

フロアーを忙《せわ》しく動く介護士の後姿を頼もしく思う　山口博史（74歳）群馬県

何だっけ？　あれこれそれにドッコイショそれで通じる老いのおしゃべり　浅川とみこ（80歳）埼玉県

チューリップどちらがきれい満面の笑みで介護士の被写体となる　岸　蓉子（85歳）埼玉県

お母さんに食べさせに来る娘さん母子の絆の深さに感服　丸山純子（86歳）埼玉県

腰痛に手を差しのべて風呂場へと汗いっぱいの若き介護士　天春昭良（70歳）千葉県

デイサービス五年の月日積み重ね忘れじの人誌《しる》すよろこび　永野久男（90歳）千葉県

やがて咲く桜の木の下賑やかに今朝もバスゆく我らを乗せて　庭本敬子（84歳）千葉県

お見守り介護士さんのさとす声背すじが伸びて我が身を見たり　粟飯原幸子（80歳）東京都

デイサービスに雨の日に来る幸せを他の人にもわけてあげたし　北原久江（84歳）東京都

デイのバス近所のKさん乗り合いて互いの母を偲び語らう　中村キヨ（91歳）東京都

たのしみは歌声ひびくケアの中子供のころの歌うたう時　上梅澤セツ（86歳）神奈川県

週一のデイサービスに仲間入り耳遠けれど自立目ざして　指田康博（85歳）神奈川県

デイケアは幸せいっぱいやさしさで会話は有るしお風呂は有るし　瀧田かく（91歳）神奈川県

「ケアプラザ」サイコータノシイタノシイネミンナノエガオツキルコトナシ　槇　きみ（94歳）神奈川県

デイケアは知らぬどうしが顔合わせゲームやお風呂で大満足だ　山田光枝（86歳）神奈川県

新年会花笠踊る介護士に掛け声送る八十《やそ》の歳　宮川　勝（77歳）新潟県

カッコーの声が種まきの合図ほくろくのあいず笑顔もて「笛吹荘」に友等つどう　雨宮さよ子（88歳）山梨県

体操に脳トレ脚のマッサージデイサービスの一日楽しき　上野貞子（93歳）山梨県

笛吹温泉いい温泉みなさん笑顔で会えるから百まで生きようがんばろう　加々美あさ子（95歳）山梨県

催しの席に初めて居あわせし媼に鮨を失敬される　駒沢三男（87歳）山梨県

お蚕を飼った昔を語る人白寿の髪は真綿色して　内山直子（84歳）長野県

微風をうけてただよう白馬山《はくばさん》景色ながめる「おらの家」　奥野辰一郎（66歳）長野県

手を上げて足も上げ下げ皆笑顔惚けてなるかとリズム体操　酒井マサ子（85歳）岐阜県

不自由と交通事故と身をせまくデイの一時《ひととき》心広くし　鈴木保代（75歳）静岡県

可愛い子育てて来たが今は無く年を取る私の看護見て呉れる子ら　近藤ふじ子（95歳）愛知県

「美合」に来て勉強を知り歌を知る短歌のよさをうたってみよう　松本春子（81歳）愛知県

朝食の笑顔で始まるケアハウス大きな声がまた楽しい　渡邊スイ子（83歳）愛知県

午後からのレクリエーションのカラオケは上手下手なし声はり上げ　岩野多恵（88歳）三重県

みえずともいやす力がセンターで授かる心真《しん》に潤い　片山雅子（71歳）滋賀県

老館《ろうやかた》初めて入りて語り合ふ自然美ありて人生楽し　武田功也（74歳）滋賀県

今日もまたリハビリセンター顔なじみ歌ごえひびくむぎかりなつかし　福永ハナ（98歳）滋賀県

食堂に集ふ老人《おいびと》笑顔よし個室から出で会話はずめり　河畑みつ子（85歳）大阪府

今日までデイサービスで風呂も良い飯も良いですカラオケも良し　藤村キミ子（85歳）大阪府

昼さがりデイサービスの一角で皆と楽しむ脳トレゲーム　山居寛佳（76歳）大阪府

いまのよはことはすめないかくかぞくおいつどいくる「やまぶきのさと」　串田ちづ子（97歳）兵庫県

特養の窓よりの夕日優しい光を浴びる　郡　忠雄（92歳）兵庫県

年とればこれまでになかりししぐさ増えてきて皆で助け合う日々　小島宣子（88歳）兵庫県

介護3でデイサービスに世話になり百まで生きよと励まされけり　鈴木千秋（98歳）兵庫県

デイに来て友達出来し楽しいが先が知れてて雲出来るなり　中島はや（90歳）兵庫県

「かるべの郷」にみんなと話すたのしさは我が人生の宝もの　福井里惠（87歳）兵庫県

花笑みの八十一歳元気で毎日歩いて足口きたえて元気モリモリ　村上千代美（81歳）兵庫県

歌ったり将棋をしたり楽しめばみんなに囲まれいいことあるよ　池原　將（78歳）和歌山県

「ミルク富」行く日待つ日が若がえる楽し思い出私の宝もの　大塚節子（82歳）島根県

痛い足引きずりながら進む今「転げんさんな」と耳がにぎやか　池野愛子（87歳）広島県

週二日デイケア行く日楽しくて親身《しんみ》にまさる優しさうれし　石井八寿江（96歳）広島県

介護士の優しい笑顔に包まれてここデイケアで楽しい一日《ひとひ》　栗栖サツエ（90歳）広島県

歳重ね夢追いながら前向きにせっせと支度デイケア楽し　佐々木正子（87歳）広島県

今日一日《ひとひ》明日なき命と思ふとき出会ひの絆深く愛《いと》しき　土田須磨子（88歳）広島県

アドバイス受けて楽しさ倍になる笑顔の花が満開に咲く　福永八千代（87歳）山口県

「おはよう」と弾ける声に振りむけば束ねた髪の女《ひと》が微笑む　片岡冨久子（89歳）徳島県

スロープの手摺りを握りて上り下り齢《よわい》重ねし足を鍛えん　峰　一（86歳）香川県

今日も又楽しく過すデイサービス踊って歌って元気な体　石田文枝（92歳）福岡県

ヘルパーと調子合わせて万歩計あおば風吹く山裾の道　後小路百合子（91歳）福岡県

我が通うデイの飛び入り寮母さんのドジョウ掬いに沸き声たかし　梅野モモエ（93歳）福岡県

十四年通ひしデイのつぶれたり次のデイにて友の増へゆく　岡部フユ子（83歳）福岡県

紫陽花の花に見とれて日々過ごすデイサービスに明るい笑顔　葛城カズヱ（93歳）福岡県

今日もきてくれるだろうかピースくん散歩とおりのホームの窓から　茶木　博（79歳）福岡県

あ～うれし言うこと無しの「寿光園《じゅこうえん》」おいしい御飯と楽しい短歌　西部千恵子（65歳）福岡県

働きし頃に求める服多しはでをかまわず着てはデイゆく　林田順子（79歳）福岡県

吾の手の腫れを案じるデイの人腫れのひくのを喜びくるる　福田ミツ子（101歳）福岡県

気迫ある寮母の声には負けまする気重き体に気合をかける　村上エミ子（83歳）福岡県

びっくりの目玉で顔をながめたりできる短歌の早きスタッフ　八石世津子（86歳）福岡県

なにごとも人それぞれに違うのよ少し考えアドバイスをね　木村一代（81歳）佐賀県

今日もまた「敬愛園」で日がくれる夫婦《めおと》そろって元気になれる　前川辰子（80歳）佐賀県

皆元気生き生きしてる「桂寿苑」頭の体操ボケ防止なり　村上洋子（75歳）佐賀県

バースデー我は忘れしこの歳も祝い受けたるデイサービスで　簗山樂（81歳）長崎県

デイ友とゲーム楽しく大笑い絶妙なりしボケとツッコミ　簗山芙佐子（77歳）長崎県

恒例の栄和会での夏まつり地域とともに親睦慰労　元田ハツエ（93歳）長崎県

一二三《いちにっさん》夫婦仲よくリハビリを笑顔がこぼれ体も軽く　石橋忠（88歳）熊本県

デイに来て今日は何日皆に聞きごはんとおやつ忘れはしない　井上マツエ（87歳）熊本県

デイに来て皆の笑顔はうれしいな折りがみあみ物一日楽し　田口榮子（92歳）熊本県

デイケアの温泉行きのバスを待つ今か今かと玄関ながむ　飛田サチ子（90歳）熊本県

孫の年同じ年です介護士さんそろそろ嫁はと心配ばかり　古荘シズエ（95歳）熊本県

話題消え無言で憩う集いの場テレビドラマの音も空しく　増岡伸禧（84歳）熊本県

たのしみはデイサービスで敏子さんと手足動かし体そうする時　松浦スマ子（86歳）熊本県

手を引かれどこまで行くかありがたやお腹すっきりトイレまで　松田ツヤ（94歳）熊本県

梅雨に入り雨多い日は足元に注意してのデイ通いかな　村上悦子（81歳）熊本県

リハビリに毎日励み体操をがんばってます今日も一日　穴井泰子（83歳）大分県

あついのにリハビリにゆくバスを待つ週に三回まちどおしいな　江嶋ムツ子（84歳）大分県

リハビリに来て歩くこと楽しみにあいかわらずの立ち上がりなく　梶原アサエ（88歳）大分県

デイケアに通い始めて早五年交す言葉に笑顔こぼれる　河津正子（88歳）大分県

白い花清き美しいマーガレット心やさしいデイケアの人々　木藪トシ子（83歳）大分県

夜が明ける目が覚めるのも苦にならんデイケアにきた楽しい一日　桑野ツルエ（93歳）大分県

デイケアで過ごすひととき夢ごこち私の心光り輝き　藤本スミ子（83歳）大分県

デイサービス集い来し人老い行けど心の泉青春の日々　黒田チエ子（89歳）鹿児島県

虹見しと連絡帳に書き加えデイサービスの送迎車待つ　野間口　敬（82歳）鹿児島県

みどり風「ほらほら見てよキジいるよ」はずむ介護士みなのほほ笑み　福原ヒサ子（87歳）鹿児島県

デイケアの人の笑顔の一言に私の胸は温かくなる　宮下ノシ（94歳）鹿児島県

浴場の湯けむりの中介助する若きスタッフの汗光り落つ　柳元妙子（88歳）鹿児島県

ひるごはんひとりでたべるさみしさにデイのおいしさこころにしみる　阿部ツユ子（89歳）宮崎県

今日もまたデイでおしゃべり楽しいな風呂にもつかってゆっくり過ごそう　飯干美恵子（88歳）宮崎県

朝ブロは気持ちも良いしまた楽しデイサービスはまた明日来ます　猪狩和弘（84歳）宮崎県

デイサービスに行く日何を着て行こうか考えるのも頭の体操　池畑喜代子（77歳）宮崎県

デイサービス音程かまわずこえじまん今日もたのしいつらさ忘るる　岩下ミチル（89歳）宮崎県

黄昏《たそがれ》をたどる翁《おきな》の行く末に介護ふれあい黎明《れいめい》を告げる　臼杵徳光（93歳）宮崎県

デイケアにしぶしぶ来てみたがこらよかとこ歌につられて声だし歌う　内田房男（86歳）宮崎県

なんだろう今日のゲームたのしみだ一位はだれだみんな頑張る　大久保早苗（72歳）宮崎県

明日死ぬ明日は死ぬと思うけどこげんされるとなかなか死ねん　大保文枝（103歳）宮崎県

としおいてひとのなさけについほろりデイのみんながたのしさくれる　小野寺ミサヲ（90歳）宮崎県

目標はずっと元気で過ごすことデイサービスで楽しく過ごそう　甲斐彰子（85歳）宮崎県

父母が元気であればこのデイに来て知らない人と喜び合って話す　甲斐ケサエ（103歳）宮崎県

デイサービス行かれる事が嬉しい友と話が出来てとても幸せ
甲斐シズ子（82歳）宮崎県

朝起きて今日の献立見るたびにうまい物ばかり思い楽しむ
甲斐奈緒美（89歳）宮崎県

デイサービスうれしい帰りつきつかれてへとへとおやつを食べよう
鹿毛ミチ子（89歳）宮崎県

半睡の人も呼ばれて席に着く老人ホームの朝の食卓
金子　光（89歳）宮崎県

家に居て三時になれば玄関に靴を履きつつ杖を忘れず
亀井ツルエ（97歳）宮崎県

デイケアへ出かける日々はつらつと仲間と共に心のケアで
菊地スマ子（89歳）宮崎県

ありがたい長生できてありがたく思う今日も楽しみデイサービス
栗場石ヤエ子（91歳）宮崎県

年取りてデイサービスが楽しみよ友だち出来て日の短さよ
黒木ツタ子（91歳）宮崎県

短冊に世界平和を祈りつつペンを走らすケアの一日
黒田ミヨコ（96歳）宮崎県

リハビリで心も足も軽くなり待ち遠しいかなデイケア行く日
國分睦男（91歳）宮崎県

ひかりさすまどべにあかりいまなんじとけいみつめてデイケアに行く
児玉サチ子（87歳）宮崎県

今日はデイ雨もふらずに本当に良かったでもまご遠のおもりなどで
児玉マル子（79歳）宮崎県

ホームでも温泉気分ポッカポカ体をほぐす心身壮快
斉藤トシ子（84歳）宮崎県

朝起きて夫とすするお茶うまいいってきますと手を振りデイへ
柴田鈴子（82歳）宮崎県

今日は雨スタッフみんな楽し気に働く見るをみる私の心ほっといやさるる　白石美奈子（85歳）宮崎県

竹の子ののびる姿を窓ごしにながめて今日もリハビリはげむ　神恵ミヨ（84歳）宮崎県

「曽木デイ」で集う友のありがたさ老後を語る夢の寂しさ　末永武郎（89歳）宮崎県

「繋」に行き生きがいみつけて若くなり早く来い来い次の火曜日　図師正夫（92歳）宮崎県

あついねえ人のかおみればあいさつについつい出てくる同じことば　鈴木シゲ（91歳）宮崎県

梅雨晴間デイサービスの車待つ応援してるよ小鳥も花も　田方マサエ（87歳）宮崎県

この家は何故《なぜ》かゆっくり出来る楽しい気分を味わえる　髙松美恵（82歳）宮崎県

デイサービスで仲間と話す楽しさが家にいるより貴重なり　竹内くみ（88歳）宮崎県

あさおきてみんなと会えるうれしさにはずむ心であさがおみてる　竹林清子（81歳）宮崎県

デイケアのいろはかるたや福笑ひ笑ひながらもやがて真剣　田代タミ子（90歳）宮崎県

しんきらしい身体《ごて》がかなわん何もできんだけどデイケア皆勤賞　田中タヅ子（94歳）宮崎県

食べるのは嫌いだけれどホーム横のトマトの育つを楽しみに見る　田中美智子（89歳）宮崎県

「ハートケア」今日も楽しい日をすごす今晩夢みて楽しむケア　東野ユキ（81歳）宮崎県

ここにきてたのしくすごすすいようびはなしてわらうむかしのおとめ　冨高キクエ（89歳）宮崎県

腰痛のわが身案ずる職員の優しき言葉に我癒される　中瀬康恵（65歳）宮崎県

ケアの済みホームへ帰らむ雨の道背を丸め相合い傘の行く　鍋倉文子（94歳）宮崎県

「千本」のみんなと食事完食です五百五百と増えゆく体重　根井晴子（77歳）宮崎県

花見にて相性悪き友に会い歩行器並びわだかまり溶け　野崎壽江（85歳）宮崎県

「エスピーチ」馴れてきましたスタッフに笑顔が嬉し温かいお手て　橋倉ミヨ子（90歳）宮崎県

寝たきりの吾れの寝返り手助けのヘルパーさんは万力だ　濱田　勝（96歳）宮崎県

リハビリにデイサービスのたすけあり料理のレシピ頂き帰る　東井上千鶴子（83歳）宮崎県

つややかないためピーマン鮮やかに施設の食事食欲そそる　日並　毅（91歳）宮崎県

「寒いネ」と言ってみれば「サムイネ」と汗ふきながら皆で大笑い　日野フサ子（80歳）宮崎県

デイ終えてさよならに「こけなんなよ」と友の一言あんたもね　姫野延子（87歳）宮崎県

うら若き男性介護士と手をつなぎ迎えの車でちょいとドライブ　平田せつ子（82歳）宮崎県

帰りたい一心で立つ昼間からおむかえまつデイケアの門　古澤恵一（89歳）宮崎県

デイケアで楽しく遊ぶ歌作り思い出の歌振付踊る　古道イツエ（92歳）宮崎県

カゴ作り三コめなのにまがってる介護士さんをわずらわせてる　穂園照子（85歳）宮崎県

なつまつりしゃてきやわなげちんどんやみこしを見たらなやみもきえた　前口美津子（86歳）宮崎県

今日も雨しかたない梅雨天気うらまず元気でデイで皆で賑わう楽しさ　前田常男（85歳）宮崎県

介護士の苦労に感謝しながらに今日も通ふデイケア　政野ツヤ子（91歳）宮崎県

デイサービスでみんなと会話楽しいな笑顔いっぱい元気盛々　松浦米子（91歳）宮崎県

長生きに増える薬と減る記憶「ビオラ」に行けば皆笑顔なり　三浦時枝（83歳）宮崎県

デイに来てみんなと会えて嬉しいな昔話に笑い声今日も楽しいな　三田　行（85歳）宮崎県

声かけてふれあい館のお弁当たのしみでもありむなしさも　宮下トミ子（85歳）宮崎県

むつまじく集まりており七月の昼下りなりみな声あげて　宮田安子（96歳）宮崎県

デイに来てなじみの友と囲碁をした負けてくやしい次は勝つぞー　宮原一則（81歳）宮崎県

週一のデイサービスで逢う友は笑顔で握手のあいさつなり　宮原　弘（77歳）宮崎県

デイケアの体操うれし職員のかけ声たのし元気をもらう　本市日出子（90歳）宮崎県

施設より迎えのバスを待つ我は友との会に心はずみぬ　森　ふぢ（85歳）宮崎県

朝が来た今日はうれしい木ようびみんなとはなすデイサービス　柳田サヤ子（77歳）宮崎県

母の日に送ってくれた帽子をかぶり今日もデイサービスへ　山口カズエ（92歳）宮崎県

デイサービス仲間と集う楽しさよおしゃべりしてたら時間も忘れる　山下玲子（82歳）宮崎県

デイサービス過去の話に花咲けど流石《さすが》未来の話題聞こえず　山本正士（83歳）宮崎県

忘れん坊毎日毎日忘れますだけど楽しい通うリハビリ　横山ナルエ（91歳）宮崎県

そとみればみどりきらきらしょかのかおりいそがしそうにかんごしさんよ　横山良子（71歳）宮崎県

デイケアで同級生と風呂と飯昔に戻りこらよかとこじゃった　吉井信雄（84歳）宮崎県

痛み耐へ身を動かせと車椅子の老人誘ふ朝の体操　江　槐邨（86歳）台　湾

介護者の歌①

家族の歌

この風呂ではペースメーカーも暖まらぬ出で湯へ急げ父の声聴く
髙本智宏（54歳）北海道

ピカドンを見たと言う義母の口癖は「殺し合う戦争は絶対にダメ！」
藤林正則（64歳）北海道

生きていてくれるだけでも有難い母の介護でしみじみ思い
中村暁代（47歳）岩手県

介護する老いた母逝き我もまた同じ運命の老いの身となり
亀井　健（77歳）宮城県

外目にはお洒落な夫はデイバスで見送る私に投げキッスする
沼沢諭磨（63歳）宮城県

痛風をこらえ米をとぐなあ渕子《ふちこ》来世も一緒に飯《まんま》くうべな
増田壽夫（86歳）宮城県

引き揚げにわが手を引きし母の手を白寿となりて包めば温《おん》とし
安井敦子（75歳）宮城県

バス代の小銭を探る老人を焦《じ》れて見てゐる吾も老人
小田嶌恭葉（82歳）秋田県

母看るとひと日帰りし姪囲み叔母を上座に唄うたひ合ふ
京野幸子（84歳）秋田県

若い頃苦労を掛けたこれからは俺がお前の杖となる
高桑雅一（86歳）秋田県

世話かけて申し訳ない言う父の暑く寝苦し夜は明けゆく
片柳陽久（60歳）栃木県

通所日の朝は笑顔で起きて来る老妻《つま》の介護も四年となりぬ
眞嶋昭憲（71歳）群馬県

「今何て？」大きな声で答えれば「怒っているの？」と聞かれて悩む
岩本優美（49歳）埼玉県

食パンが無い時などはパンケーキ焼いて出したら喜んだ祖母
中村千恵美（51歳）埼玉県

わが傍へ離れず君の来てをらむ一人の暮らし気に掛けながら
天野弘枝（83歳）千葉県

ふぞろいのじゃがいも転がる土間の傍父なき後も農に生く母
葛岡昭男（75歳）千葉県

足袋はだし戦下におびえ焼夷弾《しょういだん》車おす背に提灯ゆれる
田中昌与（79歳）東京都

リハビリに励みしかかとすり減りて卒寿の母へ靴贈る幸《さち》
中村美江（56歳）東京都

お食事と風呂とトイレに身を添えば知らざる妻の秘密を知れり
中田　毅（76歳）神奈川県

人生に無駄などなきと母の言う九十歳の今日誕生日
温井泰子（64歳）富山県

手をたたき陽気に歌う母がいた今は話さずただ首をふる
小笹静子（75歳）長野県

母も老い夫《つま》も老いきて我も老いゆるりと歩む夏草の道
小林秀里（64歳）長野県

気をつけて施設出ぎわに妻の声ハンドル握る腕ひきしまる
田中治美（82歳）長野県

空まわりして泣きそうに丸まった背中にそっと如月の月
横前寛子（51歳）長野県

刻みから擂り身になりし夫の膳誤嚥防止と医師の指示とう
加藤益子（81歳）岐阜県

リハビリの入浴係りの介護士の素足の紅のネイルが光る
重谷沢子（90歳）岐阜県

新婦より花束もらい子の母は宴の半ばにホームへもどる
髙岡　勉（77歳）岐阜県

戦闘機の整備をしおりし日のことをあざらに記憶す老いたる父が
根本芳一（68歳）岐阜県

寒いねと言えばふところが寒いよと寝たきりの母のことばが返る　東　多賀美（71歳）岐阜県

デパートの中にてはぐれしわが叔母はにこにことして付き添われ来ぬ　日比野洋子（67歳）岐阜県

いつの日も傍らにいてかたり合ふはぐくむ絆に老いの幸せ　兼子愛子（82歳）愛知県

介護度に限り5よりも1が良い3の夫との三年目夏　山本佳子（74歳）愛知県

もうぢきに死にますと言ふ母と居て生姜糖など勧むれば食ぶ　加藤京子（69歳）三重県

夕やけが好きだった母もういない世話した嫁にありがとうと言って　早田弘子（75歳）滋賀県

待ち望みし施設に移るしばらくを「帰宅のためのバス代を貸して」と　小林典子（76歳）京都府

朝方に呻き寝言を言ひし母夢は見ざるとあっけらかんとす　藤野晴子（50歳）京都府

車椅子義父と散歩の介護道見識守り隣り町押す　後藤正子（73歳）大阪府

おばあちゃんいつも笑顔をありがとうもう無理せんで怒っていいよ　橋本尚子（49歳）大阪府

濃紺の前掛けきりりと締めながら春暁の畑へ祖父は赴く　大江美典（32歳）兵庫県

その昔幸せ紡ぎし一軒家今また別の明かり灯れる　横尾直樹（68歳）兵庫県

「帰るよ」と言へば頷くホームの夫に涙かくして急ぎ帰り来　田林和子（86歳）和歌山県

「もういいの」「も少し食べる」「偉いなあ」食事介助はこの繰り返し　松田容典（81歳）和歌山県

手をあわせあんたのお陰と云う夫にしばし涙す夕餉の一時　栗栖祥子（84歳）広島県

一週間早いですねではじまる訪問リハビリ夫《つま》の楽しみ　宮本久江（77歳）広島県

難聴の夫《つま》と知りつつ話しかけ返らぬ返事にメモにして出す　杉浦玲子（82歳）香川県

介護とは互いに熱き手をにぎり日々の暮しを語り合うこと　増田盛治（37歳）香川県

フラミンゴのように片足もちあげて母にはかせるピンクの股引　丸井友子（70歳）香川県

空の碧《あお》庭木の緑変れども夫の介護十年ぞ来る　谷口貞子（83歳）愛媛県

休みなし仕事一筋母ありき我ままいっておん返し　川崎律子（65歳）高知県

同じこと何度も尋ねる兄なれど心はいつも若き日のまま　坂村昌子（70歳）高知県

風呂場にも階段にも付きていいし夫在りし日の手摺り数多　麻生トモヱ（80歳）福岡県

病室に戻りこし夫足のリハビリの様うかがわす額の汗は　奥村弘子（75歳）福岡県

吸引器の準備ととのへ車椅子押しつつめぐる大刀洗平和記念館　尾羽根孝子（86歳）福岡県

庭に咲くカサブランカの一輪のその香をベッドの夫と分かちぬ　加藤美恵子（80歳）福岡県

「香水を買ってきて」と言う父を元気な証拠と我安堵する　佐藤めぐみ（44歳）福岡県

愛用の夫の使いし味噌汁椀亡き後も「でん」と並ぶ朝の膳　角　美恵子（88歳）福岡県

話すことままならぬ母が手を伸ばし見舞いの孫に握手求むる　中山泰子（70歳）福岡県

傍に居て会話交わせぬ日々なれど顔のぞき込む母との時間　福永惠美（69歳）福岡県

そら豆のポキッとはじける旬の音父と過ごした田舎生活　松永千穂子（70歳）福岡県

幸せにするからといふ君に添ひおかへしといふ老々介護す　宮本博子（80歳）福岡県

手拍子に合せ在所のハイヤ節《ぶし》母口遊む早苗饗《さなぼり》の酒座　上野鷹司（76歳）佐賀県

梅雨晴れ間病院へ行く夫送る風もささやく気をつけてねと　蒲原幸子（86歳）佐賀県

切り分ける野菜は母用孫ら用ママゴトのやうな夕餉の支度　岩本ちずる（61歳）長崎県

夏疲れ点滴治療に身をゆだね過ぎる季節を思い留める　八木秀子（73歳）長崎県

ただいまと玄関のドア開ける前子でなく祖母が笑顔で迎えし　吉田順子（38歳）長崎県

日に幾度今日は何日？きく妻にその都度答え曜日をつけて　浅見義興（83歳）熊本県

私でもできることあるその名前何回でも大根おろし　石塚あかり（37歳）熊本県

梅干しを食べると体に良いと食す白寿の義母の偏食はなし　柿原和子（66歳）熊本県

紫陽花はビルの谷間に似合うのねタクシー待つ夫《つま》足取り軽く　徳田純子（76歳）熊本県

貝沢山味噌汁作り呼びにいく炊事卒業食べるだけの母　星野静人（65歳）熊本県

帰りたいつかの間の家後にして涙目の父行ってらっしゃい　観月ひかり（51歳）熊本県

夜半の玻璃明滅しつつはふほたる歩けぬ母がぢつと見てゐる　伊藤美佐子（74歳）大分県

節ぶしが痛むと嘆く母の手が白寿の膝に導くわが手　植田秀樹（68歳）大分県

点滴と排泄の管入れられる母にてあれど話ができる　佐藤政俊（67歳）大分県

祖母逝けどむしろめでたい老衰と医師の言葉にホッとするかな　小瀬惣一郎（49歳）鹿児島県

かき氷家族で囲む日のシーン母の笑顔がいつも中枢　細田慶子（68歳）鹿児島県

病む母の罵る言葉逃げ出して耳ふさいでも心が痛む　中本昌子（70歳）沖縄県

「生きちょったと?」真顔で母は尋ねけり今までおれは死んでいたんだ　赤澤　孝（67歳）宮崎県

腹へった施設にいても注文が大根煮付け紫蘇の天ぷら　荒尾洋一（67歳）宮崎県

介護するいつかはされる我が身ゆえあなたはいつも未来の私　荒武尚子（53歳）宮崎県

麻痺あれどユーモア溢る鳥と猫子らへ送る白寿の画伯　池上栄子（62歳）宮崎県

仕事しよタオルたたみがばあちゃんの日課でもあり生きがいです　石丸愛実（40歳）宮崎県

手づくりの母持ち来たるすしうましありがたき哉ありがたき哉　井上徳子（57歳）宮崎県

段々と記憶薄れて行く母が笑ってくれるわが冗談に　井之上　寛（70歳）宮崎県

元気かと親父に聞くともういいよ翌日昼に天国へ立つ　江口勝一郎（68歳）宮崎県

お母さん忘れていいよつらいこと我がままでいい瞬間《いま》を楽しんで　大草時子（69歳）宮崎県

ホームにて盆踊りする義母を見て幸せなのかもと思う日もある　大塚愛子（66歳）宮崎県

昼食後母は笑えり子守り唄昔のとおり吾がうたえば　岡田眞喜子（70歳）宮崎県

車イスでのれる自動車さがしたり父九十五歳の暑い夏なり　小川とく子（70歳）宮崎県

老いてなおがんばりつづけるわが母よひ孫と爺とゆっくりゆこか　小川直子（57歳）宮崎県

枕辺で名札つけおり夜も更けてすやすや眠る我が子のごとし　尾辻和子（80歳）宮崎県

もう一度食べてみたいな母親の忘れもしないあの手料理　甲斐康一（51歳）宮崎県

母の手に我が手重ねて更けし夜の母に歌わん子守歌　甲斐徳子（71歳）宮崎県

混雑の売場に独りパジャマ買う妻の微笑み思い浮かべつ　加藤健二（74歳）宮崎県

母ごよみ揺れてゆらぐも生かされし紅葉褪《もみじあせ》らぬ今朝笑いより　上谷川スミ子（71歳）宮崎県

デイケアより夫もち帰る算数と国語の問題ふたりして解く　川越千恵子（83歳）宮崎県

コール押すどうしましたとすぐに来るナースのくつ音静かに響く　川添源吉（79歳）宮崎県

車倚子ここは手でこげ足でこげ使えば貯まる筋肉貯筋《ちょきん》　河野千鶴子（75歳）宮崎県

「ごめんね」と吾を気遣い母は言いこんなことしかして遣れなくて　川端敬子（53歳）宮崎県
お迎えを待ってるはずの母がまた注文しているサプリメントを　川平陽子（59歳）宮崎県
いいんだよ娘の名前出てこずも母さんの手はきょうもあったかい　喜田久美子（66歳）宮崎県
大丈夫、大丈夫よと言う祖母の手の冷たさを覚えてる　熊田原莉子（15歳）宮崎県
あと四年目耳確かで迎えたい父ののぞみにうなずく私　栗林和代（71歳）宮崎県
障害を持つ夫《つま》なれど忘れるな家族のために働きし人　黒木文子（76歳）宮崎県
山へ行き俵を抱えた太き足日々衰える細き足揉む　黒木里美（80歳）宮崎県
九十を超えても母は自分の歯旨いうまいと食うがうれしき　黒木高幸（71歳）宮崎県
旅立ちて分かる便りの母の趣味募る想い次は私と　黒木　哲（67歳）宮崎県
盲目の義母の食事を介助して口を開けろと指つねる妻　黒木直行（75歳）宮崎県
西郷《せご》どんのブーム来たりし平成の元号変われど家族は変わらず　黒木優一（40歳）宮崎県
病む妻の硬便指にて抉りだす午後の眠りは深きみづうみ　黒木善弘（79歳）宮崎県
そっとだす手にぬくもりを感じつつ今日の一日幸せねがう　鍬田靖子（74歳）宮崎県
ゆるゆると母と歩めば野の花のピンクや黄色目に留まりたり　興梠恵子（66歳）宮崎県

励ましたり励まされたり杖つける母とあゆめる薊の道に　小寺豊子（62歳）宮崎県

妻の乗る車椅子押し思うこと食足らずが我身を守る　境田興昭（71歳）宮崎県

「あ」の言葉から「ありがとう」一文字《ひともじ》をつむいで話す五年目の夏　坂口まゆみ（60歳）宮崎県

毎食を介助でたべさすこの日々をいつか想うか楽しかったと　坂田政章（96歳）宮崎県

要介護3を維持して十年目母は努力し周りは支えて　坂本玲子（63歳）宮崎県

介護するわたし八十わたしの手妻が離れる寂しいですよ　佐藤千盡（80歳）宮崎県

髪染をいつも手伝ふ母の日も三回忌過ぐ残る手触り　佐藤　守（86歳）宮崎県

別れ際おみやげ三つタコ三つとまじない風に孫をたたく祖母　佐藤美枝子（65歳）宮崎県

認知症私はならんと言った母残念ながら今認知症　佐藤芳信（70歳）宮崎県

夫見つめ歩く姿に泣き笑い私がいるよ手をつなぎましょ　塩屋秀子（63歳）宮崎県

骨折せし母に優しき友見舞う手作りの寿司を押し車に乗せ　軸丸友恵（50歳）宮崎県

夫病めば畑は雑草その中を南瓜の蔓のみ四方に走る　清水キク（75歳）宮崎県

右に杖左に掴む僕の腕共に歩ける祖母に笑顔　清水恵介（23歳）宮崎県

男手におむつ替えおりわが母の目にはかすかに涙にじむも　杉田一成（71歳）宮崎県

デイケアを仕事先だと思う母お疲れ様と迎えるわたし　須本仁史（63歳）宮崎県

姑や小姑ひとつ屋根の下寂しさだけは知らずに済んだ　荘子　隆（67歳）宮崎県

認知症と告げられ悩む妻は今清清し実《げ》に施設に通う　滝本　語（89歳）宮崎県

だれんごつ母のくちぐせだれんごつベッドの母がだれんごつしな　武　ナミ子（77歳）宮崎県

施設にて母は夕方に心配す五年忌過ぎた父の夕飯　多田野順子（71歳）宮崎県

家中に張り巡らせし手摺り棒は白寿の父のジャングルジムぞ　田中啓子（70歳）宮崎県

骨折で入院中の夫なれどちょっとホッとする老々介護　田中登美（83歳）宮崎県

アイスなら食べられそうと言う父とバニラで乾杯施設の部屋に　田中豊子（66歳）宮崎県

人生は一回だからと寂聴いふ二回三回あれば良いのに　築地紀子（82歳）宮崎県

来てくれてあなたの顔を見るだけで心ワクワク生きがい感じる　天神　修（88歳）宮崎県

こげなふうになってしもうた御襁褓《おむつ》して嘆《たん》ずる母の手は小さくて　時任勝正（64歳）宮崎県

介護歴数えてみたら古希となり兄の介護は日に日につらい　戸田龍二（73歳）宮崎県

「親父、お袋にいっぱい甘えたなあ」柩の夫に息子は語りて　中瀬光代（74歳）宮崎県

母逝きて今はかなわぬことばかりああしてやればこうしてやればと　永田タヱ子（85歳）宮崎県

握る手に力を込めてごめんねとありがとうとを言葉に変えて　永田八恵子（64歳）宮崎県

口癖に己の最期を案じし母異郷の地にて白寿で逝きたり　中村葉子（74歳）宮崎県

物言えぬ母にむかって独り言時に虚しくそっと頬よせ　馴松美津子（53歳）宮崎県

来週ね問えば答えは待ってるよ認知の母は微笑みがえし　名和純朗（63歳）宮崎県

困っても安心してね近くには娘も孫もいるのだからね　花畑貴士（38歳）宮崎県

手を引かれ診察受ける母の背は米を作りし日向《ひなた》の香り　濱田数代（68歳）宮崎県

「ありがとう」九十にして言えるその潔さまだまだ祖母《あなた》と一緒に居たい　濱田祐介（39歳）宮崎県

二十歳から教師になりし棺の母見事に生きた九十の顔　日高裕文（66歳）宮崎県

もういいよ管につながれ生かされてうれしい悲しいわかっているの　平田カツ子（75歳）宮崎県

珍しくめざめたる母はわが夫《つま》に「禿げた」くり返し皆をこまらす　平田優子（67歳）宮崎県

九八《クハチ》母ぴんこしゃんこカバン背に娘七八《ナナハチ》ほんに負けそう　古川俊子（78歳）宮崎県

帰らうとすればあれこれ話しかくる母に背ける若き日ありき　堀越照代（68歳）宮崎県

帰省せし孫と我とで母支え堤防登れば飛ぶボラの見ゆ　牧野多津子（70歳）宮崎県

特養の窓から我家の灯りみて帰る帰ると困らせた亡母《はは》　松井準子（81歳）宮崎県

細き腕握れば触るるドクドクとへその緒のごと母とつながる　三ヶ尻恭子（74歳）宮崎県

腹たつよ言いたい事を言うあなた介護者私ぐっと我慢を　三嶋洋子（78歳）宮崎県

夏過ぎてリハビリもすみ慟哭の心中お察し申し上げます　宮崎キヨ子（81歳）宮崎県

壊れゆく姉の記憶を正しつつ共に折る鶴羽の開かず　宮田ヒデ子（78歳）宮崎県

暗号のごとき言葉の問《とい》かけにわかったつもりで答える悲しさ　柳田敏子（69歳）宮崎県

母にわびタンスの着物整理するだが煩悩がわき捨て切れず　吉岡信久（80歳）宮崎県

亡き父母の名はスラスラと言える夫吾や孫子の名は出ぬ不思議　吉永トモエ（79歳）宮崎県

高齢の兄弟姉妹集ふ盆よくぞここまでと顔を見まはす　和田千年（65歳）宮崎県

手料理の腕は確かと信じつつ認知の妻に食慾促す　曽　昭烈（88歳）台　湾

今年は移民史百十年と祭典を楽しみていし妻は去りたり　梅崎嘉明（95歳）ブラジル

介護者の歌②

職員、ボランティアの歌

元気だね皆の笑顔が私の糧みんなの糧になれていますか　北村美里（26歳）北海道

ありがとうお互い心に思うこと言葉にするとよりありがたい　木村友果（41歳）北海道

介助後の笑顔と一緒にありがとの言葉を聞くと疲れがとぶよ　清野恵美（26歳）北海道

作品棚思いを込めた宝物あの日の気持光りかがやく　高橋さやか（37歳）北海道

初めての相談援助手も震え掛けていただく優しいことば　吉岡俊洋（36歳）北海道

最果ての草原走るデイの道送迎嬉しや寝そべる牛よ　和田京子（74歳）青森県

あれ嫌いこれもそれもと言いながら顔に浮き出る満面の笑み　木下　淳（33歳）岩手県

この夏はつけよう飲もうが合言葉利用者さんと乗り切る酷暑　須藤由美（46歳）宮城県

施設でも老々介護シルバーが人手足りずてゴールド並に　阿部誠悦（65歳）秋田県

ありがとう笑ってくれる人がいる介護をやって良かったひととき　石原由博（43歳）秋田県

つなぐ手のしわとぬくもり尊くて深みのある手に私もなりたい　半田圭子（48歳）秋田県

おめだれだきのうもあったよいいけどねボケとツッコミきょうもまた　相場康子（51歳）山形県

もう夏か今年もセミがよく鳴いて夢もあらたに羽が開くよ　阿部鉄平（31歳）山形県

同じことくり返す日々初めて聞くふりして信頼築く　阿部尚子（40歳）山形県

さすがだの昔取った杵づかほうちょうの使い方私よりうまい
阿部　律（57歳）山形県

出勤しいつもの笑顔笑い声今日一日のパワー頂く
五十嵐　恵（38歳）山形県

上敷きの日焼け跡より新しきかおりそよぐは凛とする青
板垣優実子（31歳）山形県

朝のバス足腰痛しぐちこぼし歌って楽しデイの仲間
伊藤美智子（59歳）山形県

誰も居ぬ椅子に向かって話す祖母祭の景色がふとよみがえる
上野浩俊（39歳）山形県

あいさつで顔見て笑顔返ってくるいつもの顔にいやされる自分
上野光枝（51歳）山形県

笑顔を見心読み取る目となるか次の一言選択迷う
上野由絵（29歳）山形県

いつも無表情の顔にふっと笑顔その一瞬が元気の源今日もがんばれる
薄衣美津子（63歳）山形県

「あなたがね、居てくれてとても助かるわ」そのひと言が元気の源
江藤多佳子（31歳）山形県

娘の手引いて歩いた散歩道孫に引かれてまた歩み出す
勝木真弓（40歳）山形県

草むしりいそしむ母の姿見てありがたいやらあきらめるやら
加藤ひろみ（55歳）山形県

「ありがとう」介護の後に言われたら私も一緒に「ありがとう」
加藤雅樹（44歳）山形県

笑顔見て介護の力実感しチームワークで次に繋げる
加藤友希（35歳）山形県

おばあちゃんお出かけように化粧していくつになってもおんな忘れず
神山彩香（25歳）山形県

利用者のかける言葉と笑い顔日々の業務の疲れ吹き飛ぶ　神林竜平（42歳）山形県

にこにこと近づいて来る利用者にこちらも同じ笑顔で返す　工藤鑑奈（41歳）山形県

「先生」と私を呼ぶ利用者は私にとって人生の大先生である　栗田　茜（24歳）山形県

辛いこと悲しいことも一瞬に忘れてしまう入居者の笑顔　黒井光穂（40歳）山形県

目配せと仕草でわかる長年の過ごした時間が二人の歴史　黒沼和也（39歳）山形県

なにげなく見上げた空にうかんでる月のあおさに心うきたつ…　金　亨（59歳）山形県

ケガ怖いできないだろうと決めつけずチャレンジしたら新発見　今野亜里沙（33歳）山形県

手を握り温かいねとおばあちゃんそんな優しさ見習わせてね　金野　隼（30歳）山形県

あなたの目心に一緒に寄り添うよあなたと共に楽しく生きる　齋藤　和（53歳）山形県

しわくちゃで大きくあったか料理裁縫何でもこなす魔法の手　齋藤由佳（32歳）山形県

ひきだそうそのひとの行動やりたい事やらせてみせてほめてあげよう　寒河江里美（52歳）山形県

廊下でも飾り付ければ喫茶店楽しい時間に笑顔あふれる　寒河江好子（48歳）山形県

気持ちまで明るくなるぞ夢あればがんばりすぎず尽しすぎない　佐藤温子（60歳）山形県

また明日毎日来いよベッドから細い腕振る私の癒し　佐藤枝里子（39歳）山形県

笑い愛いつも心に思ってる明るい心でいつも楽しく　佐藤一実（37歳）山形県

明日見据えできる限りの自立支援利用者家族と共に歩む　佐藤里菜（26歳）山形県

今月は流しそうめんお楽しみ笑顔の花が咲きほこる園　佐藤玲子（56歳）山形県

バスハイク買い物したり景色見て気分転換空晴れ渡り　渋谷美紀（51歳）山形県

入居者の元気なすがた父母を思い起こせば笑顔こぼれる　白幡明美（61歳）山形県

しわくちゃな笑顔あふれるデイルーム雰囲気まるで女子会だよね　菅原江利子（39歳）山形県

いつ見ても寝顔かわいいいやされる頑張る気持優しくなるね　菅原淳子（51歳）山形県

「家帰る」ジャンパーを着て帰り支度外は連日真夏日です　菅原智美（31歳）山形県

あちこち痛いと話しながらもデイケアで皆と談笑痛みやわらぐ　須田彩（29歳）山形県

お化粧を恥ずかしそうにしてみると笑顔あふれてこころわくわく　田中緑（37歳）山形県

誰だっけ会う度名前を聞かれても笑顔が見れれば何度も言うよ　種市熙（27歳）山形県

綿あめを見つめるまなざしにこやかに八十年をタイムスリップ　土岐嘉子（42歳）山形県

さくらんぼ皆一斉にほお張ったおいしい記憶誰も忘れず　長谷川美佐子（59歳）山形県

無排便そんなにためてどうするの？便しかためるものないと　畑山理枝（43歳）山形県

笑顔での身体作りが楽しいな皆で目指す健康維持
本庄マキ（39歳）山形県

夏日ざし汗ぬぐいつつ訪問の笑顔ひとつで暑さ忘れる
松尾郁子（54歳）山形県

ああ言えばこう言ってそう　そう言えばそうではないと言い返えされて
松村節子（61歳）山形県

はっとするその一瞬を大切に次へとつなげる道しるべ
村瀬歩美（30歳）山形県

不機嫌な表情を目にするとすぐに声かけ訳を尋ねる
村　里奈（50歳）山形県

ありがとう一言だけで皆笑顔その場もなごむ魔法の言葉
八木　礼（26歳）山形県

熱心に母を世話する子の姿若き日の親の愛情窺える
山科徳久（51歳）山形県

寝たきりの患者の体位換え終えて深き吐息す若き介護士
渡部　綾（48歳）山形県

毎日のリハビリ行い一、二、三今年で百よと笑顔で拍手
金澤千春（40歳）福島県

晴れの日のまぶしい笑顔みんなでね今日も明日もずっと一緒
小沼香代子（44歳）茨城県

かなしみをさとられまいと笑顔見せ家族待つ心両手合わせる
笠井宏子（57歳）茨城県

ありがとう皆言う声に喜びて頑張るぞうと心に誓う
松浦英樹（26歳）茨城県

表情がくるくる変わる総入歯有れば面長無ければ小顔
武藤恵子（43歳）茨城県

よちよちと歩く曾孫に目をやるとそっと手差し出す杖をつきつつ
山田哲也（33歳）栃木県

夢に生き素直に生きた齢《よわい》九十夢の続きは子らへと続く　金子陽子（71歳）群馬県

天職と信じて今も働いて今なお思うこれぞ天職　小沼隆浩（42歳）群馬県

送迎の日毎に変る街景色施設に通う楽しみひとつ　長谷川勝弘（73歳）群馬県

あなたから教わった事忘れない笑顔の意味と人のぬくもり　三田宏美（40歳）群馬県

くるまいすいっしょにこげばかおがあいいたいもつらいもわすれさり　柳澤陽子（57歳）群馬県

ひい孫の写真みせられうれしそうほほえむ母は認知症あり　平野節子（64歳）埼玉県

夕暮れの畑の中から聞こえきてゲロゲロ蛙の声ひびくなり　猪俣ミサ子（67歳）千葉県

介護力さしのべる手にそっとのせてよりそう心笑顔でかえす　鴨志田寿美子（56歳）千葉県

あきらさん今日のリハビリ良かったね階段昇降一歩前進　小堀隆治（73歳）千葉県

年度末せわしい毎日いそぐわれ「少し休め」と桜ささやく　南　祐介（39歳）千葉県

毎日が生きる勝負と爺が言う動けるうちは汗を流せよ　石鍋信夫（69歳）東京都

百歳になりし媼の言葉なり悔やまぬことこそ大切といふ　北村春美（59歳）東京都

「ワルイモノミンナアタシガモッテイクおれをささえるハハのユイゴン」　田中忠則（70歳）東京都

初恋の忘れぬ人に再会す思いがけず介護施設で　中摩けい子（67歳）東京都

風呂介助熱い蒸し風呂夏の日の君の笑顔で疲れ忘れる
根橋浩美（56歳）東京都

こちらこそここに来ること楽しみだデイに来る度元気をもらう
藤滝友理（30歳）東京都

あぶないよフラフラ歩く妻の横しっかり結ぶ夫婦の愛
村上詩織（30歳）東京都

すごいじゃん‼歩いているじゃん‼おばあちゃん!!!目が覚め残る懐かしい気配
近藤友穂（46歳）神奈川県

介護士は何言われてもプロとしてその笑顔がね誰かを照す
谷　泰徳（34歳）神奈川県

口開けない食べたくない訳じゃない小さくつぶやくたべたいよと
傳田滋久（45歳）神奈川県

「だーれだ」「わかった頬の細い人！」　後ろふり向き「あら丸い人」

藤原亜悠（35歳）神奈川県

香煎《こうせん》を蓮の葉乗せて御盆会にむせて吹き出す幼きを想ふ
三浦征勝（73歳）神奈川県

よく通る声とピアノで声あわせ部屋にひびくはハンドベルなり
御手洗とも子（64歳）神奈川県

こんなとこ来てしまったと思う人いつか笑顔にしてみせるから
三村暁子（59歳）神奈川県

歩行器に涅槃ダンゴを吊しける百歳の媼は介護されつつ
上野れつ子（90歳）富山県

偶然に通所で行き合う同級生二人の会話に周囲も笑顔
五十嵐藤輝（22歳）長野県

トイレにて介助すると利用者様心を話す不安な気持ち
木本圭子（51歳）長野県

他人見て動かぬ身体奮い立たせその姿見て我も奮い立つ
中川園子（44歳）長野県

温熱で心身共にリフレッシュみんなで行こう憩いの「おらんち」
西澤槙彦（33歳）長野県

まる机囲む笑顔と笑い声昔ばなしは消えない記憶
山崎恵子（43歳）長野県

日々追われ仕事となりし介護業明日は我身ぞ忘れてならぬ
吉羽一成（42歳）長野県

真夜中に待機ナースが呼び出され信号待ちで対策をねる
加納美智恵（55歳）岐阜県

おばあさんいつもの笑顔をわすれずに昔話を楽しく語り
中村節（73歳）岐阜県

口癖が「あーうまかった牛負けた」祖父の笑顔を思い出す夕餉
日置香乃江（50歳）岐阜県

辛くとも笑み忘れずに母が世話父母の間に我入るすき無し
細江隆一（50歳）岐阜県

母他界月日が流れいとしくて又会えたらば子になるよ
與野順子（58歳）岐阜県

マスクはめ具合悪そなおじいちゃん風邪かと問えば入れ歯なくされ
唐木直子（53歳）静岡県

今日も又介護に向かう晴れた空黄金の稲穂へ涼やかな風
中村有紀子（53歳）静岡県

逢いたいと想う気持ちはみなおなじ私も願う君に逢いたい
後藤久美子（59歳）愛知県

老人と共に迎える初日の出ホームは新たな私の家族
丸山多聞（53歳）愛知県

あらいやだ探しためがね掛けていた読書の夜長寮母をみやる
丸山哲也（22歳）愛知県

車椅子片輪だけが新雪に線を描けば自転車乗る夢
吉田有里（32歳）愛知県

野に遊ぶ孫見て微笑《わら》う妻《きみ》がいてしばし鎮まれアルツハイマー　山本正明（68歳）三重県

月一の短歌の会に出かけ行き認知症防止脳元気づけ　北村正幸（75歳）滋賀県

「元気でる」その一言が嬉しくて頑張れる日々今ここにいる　澤　由香里（35歳）滋賀県

幾つもの長寿の御守り吊るしたる車椅子押す「明日もまたね」　水口一夫（61歳）滋賀県

皆さんの笑顔支えに今日もまた元気もらえる元気になれた　磯部恵子（56歳）京都府

鴨川のホタル行き交う夕暮れに人の心も重なり飛び交う　臨　正子（35歳）京都府

亡き父母の世話の代わりに利用者に親孝行をさせて頂く　濱田真由子（41歳）京都府

ちいさな手そっと寄り添うこころの手おおきなぬくもりふれ合うこころ　廣瀬要子（52歳）京都府

あかねさす「紫野デイ」あからひく朝に集いて夕に帰りぬ　松井久雄（65歳）京都府

送迎中あくびおさえてがんばるもミラー越しから笑われる　松本　誠（40歳）京都府

ありがとうまた来るわねという貴方次会える日を愛しく思う　森　賢一（46歳）京都府

ホームのテレビに国会中継を見る人は「見なあかんのや」と眼差しの鋭《と》し　山下裕美（49歳）京都府

厳しいよ夜勤の仕事これからも我ロボットならば続けてる　相原繁包（39歳）大阪府

耳澄ませ人生のぐち聴いたときおもわず出そううちにきません？　田中弘子（73歳）大阪府

笑いあり生きてる限り健康で笑顔集まる「ふれ愛の家」
福井広貴（34歳）大阪府

虹の橋渡る手前のありがとうやさしさ川に涙雨降る
藤崎潤子（48歳）大阪府

春迎へ咲《わら》ふ桜の御挨拶桜舞ひをり土の器に
槇野はるか（48歳）大阪府

暑くても貴女の笑顔見たい為デイに来たのと嬉しい言葉
井上孝子（75歳）兵庫県

年寄りはブレーキきかず腹たてる腹はたてぞんけんかはしそん
岩下光頌（88歳）兵庫県

おはようとなじみの顔の笑みこぼれ元気もらいてボランティアする
立石洋子（76歳）兵庫県

薬を忘れ日を忘れ通院忘れて酒だけ忘れず
神場一男（55歳）和歌山県

ご老人見れば思いは親のことできれば今が孝行の時
木戸正明（53歳）和歌山県

笑うこと食べることすら忘れいく人の末路心の支援
藤田悦子（69歳）和歌山県

朝《あした》より施設訪ふ日のきん張感手習ひを待つ卒寿の母へ
中谷一枝（85歳）鳥取県

特老の人の手さすれば「あなた誰？」いくたびきかれ涙あふれる
花田敦子（83歳）島根県

両親を愛するように利用者を愛しているか我が胸に問う
阿部ますみ（58歳）徳島県

終活にひな人形を処分するせつなさ募る母を想えば
髙畠節子（63歳）徳島県

ありがとうと帰りゆく吾に父の声寂しく響く雨ふりの午後
三橋明子（64歳）徳島県

蝉しぐれ瞼に浮かぶ父や母故郷を後に早や五十年
吉田富保（69歳）徳島県

酷暑にも負けない食欲指摘され「介護のためよ」とご飯かき込む
猪川正美（53歳）愛媛県

老いてなお心踊るは囃子の音《ね》孫の手を引き輪の中へ
石川辰徳（34歳）愛媛県

夏休み遊びに向かう子ども達懐かしみつつ仕事へ向かう
石川正和（26歳）愛媛県

夏の夜はまた酔いながら明けぬるを夫のいつもの愚痴やってられん
石村明子（55歳）愛媛県

夏祭り打ち上げられてスッと消え夜空に現る火の花畑
石村　翔（22歳）愛媛県

「くりのみ」の夏のイベント皿回し皿が回らず自分が回る
井上麻由香（33歳）愛媛県

夕涼みチリンチリンと耳にする心穏やか夏の夕暮れ
大谷るみ（53歳）愛媛県

東よりひょっこり顔出す赤い月皆既月食ツイートで知る
大西彰吾（35歳）愛媛県

ななどごぶこれは体温？外気温？夏より暑い夏に挑戦！
尾崎利康（38歳）愛媛県

パフィン浮く海に日暮れの雨がきて地球の点となりゆくよ島は
越智建雄（26歳）愛媛県

記録的猛暑続くこの頃も暑さに負けず笑顔さんさん
片上尚子（25歳）愛媛県

この暑さしおれゆく葉に水やりし水やりし人も水分補給せねば
川上千秋（56歳）愛媛県

熱心に大正琴の楽譜追う優しい音色癒しの時間
河村奈巳（33歳）愛媛県

手を重ね顔を覗いて呼ぶ名前《こえ》は離れた時間も繋ぎ合わせる　河村美樹（36歳）愛媛県

やさしさで利用者さんと意思疎通むずかしいけどまず会話　神田猛雄（48歳）愛媛県

セミの声暑さに負けずたからかにいつも以上に鳴くよ元気に　岸上利江（60歳）愛媛県

外に出でグランドゴルフ頑張る姿暑さに負けず僕も倍頑張る　岸　亮史（19歳）愛媛県

我が手を見亡き母の手を思い出す同じ道を歩んでいます　合田昭子（73歳）愛媛県

太鼓の音ドンドンドンと聞く度に秋を感じて胸膨らます　合田祐也（31歳）愛媛県

キラキラと光る目見て名前問うそれがいつものあいさつとなり　合田利菜（33歳）愛媛県

青空に広がる雲に夏感じ長い一日しみわたる汗　小向美子（57歳）愛媛県

真夏の日アイス片手に溶けだした滴る雫眩しき日差し　佐郷亜子（29歳）愛媛県

いずみから湧き出る水は透き通り真夏の暑さ忘るる冷たさ　篠永基教（31歳）愛媛県

暑い日の水分補給忘れずにバテずに一緒にリハビリしよう　秦泉寺美咲（26歳）愛媛県

天災も来なければ良いと神頼み長靴履いていざボランティア　進藤美和子（56歳）愛媛県

暑い日も汗を流して介護しますあなたの笑顔と感謝の言葉　鈴木省吾（24歳）愛媛県

認知症解っているが語気強く後悔ばかり自分を責める　曽我部恵子（68歳）愛媛県

利用者が笑顔を見せたその時は一瞬でもうれしく思う　則座麻理子（36歳）愛媛県

ツーアウト逆転打のホームランこれで明日は甲子園　泰山永宜（34歳）愛媛県

人々の心を癒す山や川気候変動まともにかぶる　高井弘子（66歳）愛媛県

空見上げて綺麗に咲いたよひまわりが大きく咲いた夏の景色いいな　髙橋　賢（30歳）愛媛県

夏の川水は冷たし飛びはねるおよいだ後はうち上げ花火　髙橋知也（23歳）愛媛県

ふるえる手そっとささえたふれあいで共に味わう安心の時　高橋美智代（55歳）愛媛県

暑い中元気な体夢に見て今日もリハビリ頑張る日々　瀧本由佳（31歳）愛媛県

あさがおのえがおはなさくデイルームみんなわになりこころもゆたかなり　竹内直美（43歳）愛媛県

さじをとり母の口へと粥はこぶ私の口もああーんとなり　續木恵子（59歳）愛媛県

夏フェスに行きたい思いつのるけど暑さに勝てず体力もたず　続木洋美（38歳）愛媛県

「ありがとう」その一言でこれからも介護を通じて笑顔がこぼれる　津野加奈江（32歳）愛媛県

炎天下猛暑続きで汗をかき忘れてならぬ水分補給　寺尾みどり（52歳）愛媛県

暑い日が続いていますこのごろ元気に過ごす私もがんばる　西川千春（27歳）愛媛県

縁側で流れ星見て喜んで涼しみながら風鈴を聞く　橋本舞弥（36歳）愛媛県

夏だから暑い暑いとしかたないけれど今年は暑すぎる　福田憲士（46歳）愛媛県

我が子らを小さなことで叱るけど四十年後は立場逆転　藤田咲絵（35歳）愛媛県

夏祭りそろいの浴衣下駄の音空には一面ドンドン花火　藤田由美（56歳）愛媛県

花火鳴り喜ぶ我が子抱きながら人混避けて歩く母　宮﨑大輔（34歳）愛媛県

目があえばトイレの合図笑いながら私は駆け寄り車椅子おす　明星朱美（22歳）愛媛県

あついなああついあついとさけんでもあつさかわらずあつさしのげず　三好和美（48歳）愛媛県

さあやるぞ気合いと共に立ち上がるゴルフペタンクいろんな活動　三好　毅（35歳）愛媛県

夏空に打ち上げ花火舞い上がり色とりどりの花びらのよう　村上宙輝（20歳）愛媛県

花菖蒲ハンカチ揺れる風そよぐ車中の笑顔小旅行かな　森髙正子（63歳）愛媛県

響く音ふと見上げれば大輪の美しい花心いやされ　柳原　泉（45歳）愛媛県

夏休み朝からミンミンジージージせみがなくなく暑さ倍増　山内美保（42歳）愛媛県

こけ玉を包む老いた手笑い顔皆で楽しく老健施設　山下末子（57歳）愛媛県

ベランダに今年こそはと涼しげに緑豊かにゴーヤなるかな　好井澄子（60歳）愛媛県

老いた身をベッドの上にころがして色あせし身を夫と二人で　梅原嘉子（91歳）高知県

食べたかよ百になっても母心その優しさに涙とまらぬ　尾崎由香（55歳）高知県

ベッド上で痩せ細り骨皮の古老の瞳や何かを訴える　野中泰佑（37歳）高知県

冗談や踊りや歌にて活かさるる七十までは介護続けき　荒津厚子（65歳）福岡県

もう何《なん》もわからんばいとお客様「ちょっと太った？」私に向かい　川島由紀子（54歳）福岡県

お早うと笑顔に交わす利用者の手とれば亡母《はは》の影のかさなる　高津佐津子（62歳）福岡県

暗がりに右手を伸ばすが空《くう》を切る　そうだ照明もリモコンだったな　神松宏行（32歳）福岡県

定年後体力のなさ覚へつつ高齢者より元気いただく　坂本タツ子（66歳）福岡県

「べっぴんさん」いくつ年を重ねても笑顔にさせる魔法の言葉　吉本尊信（38歳）福岡県

「五十年前に出会っていたかった」「うれしいけれど生まれてないの」　江頭裕子（56歳）佐賀県

母を連れ父の面会特養へ話しかけるも想い届かず　池田登代美（60歳）長崎県

遊ビリで皆んなで歌う懐かしの歌思い出し笑顔膨らむ　市瀬貴子（56歳）長崎県

ありがとう感謝の言葉と笑顔こそ何より大きな報酬です　内野道夫（44歳）長崎県

風薫り車イス押す遊歩道菖蒲園へ続く道のり　柴山清香（26歳）長崎県

夕暮れに車いすを押し厨房へ米は研いだか気になる母さん　森　智美（44歳）長崎県

短冊に想いを込めてあの男性に届くようにと固く結んで　山﨑千尋（27歳）長崎県

あなうれし一番風呂の声かかりしわのヌードもやさしくみがく　山本恵美（37歳）長崎県

むかしとはかかわりかわってあつさましエアコンなしで生きていかれぬ　赤尾文代（63歳）熊本県

「婦長さん」昔の仕事の名で呼べば「エーッ」とはにかむ認知症のひと　池田恭子（69歳）熊本県

八十六まだまだ知らないことばかりと動かぬ左手かがやく眼《まなこ》　池田聖子（38歳）熊本県

この暑さなぜ溶けぬのかわが脂肪嫌々ながら付き合い続く　江上定子（60歳）熊本県

せみが鳴く遠くで鳴くは涼しげだ近くで聞くちょううるさい　奥川　琹（28歳）熊本県

妻のため家事を手伝い上達のよろこびかてに生き甲斐となる　奥村厚子（62歳）熊本県

立ち上がりヒヤリと思うその先に世話する姿笑みがこぼれる　奥村智宏（41歳）熊本県

今は夏ねんねこ丹前涼し顔星を眺めりゃその数いくつ　川前美紀（27歳）熊本県

しわしわの手の年輪が物語る世話になったと拝み泪す　清田政勝（59歳）熊本県

入浴日今日は入《い》らんとごねまくる湯船つかればああ極楽や　倉重　力（53歳）熊本県

暑かばい顔合わすっとどん人も今年の夏はたまらんたまらん　古賀須恵子（62歳）熊本県

蒸し暑い汗かきながら振り返る寒か寒かと上着ほしがる　西郷祥志（38歳）熊本県

走り出す孫追いながら息切らす若いつもりが身体は正直
阪田美和（50歳）熊本県

子ども達孫にひ孫の顔浮かぶ昔話にあふれる笑顔
佐藤幸太郎（33歳）熊本県

震災でこわれた補修まだ出来ぬあれから二年未だ癒えない
中村美保子（75歳）熊本県

夏休み泥んこまみれの五年生虫取り博士疲れも知らず
新田誠子（73歳）熊本県

デイサービスの笑い声蛸も合唱笑《ほほえ》み返す
原　淳子（71歳）熊本県

有明の月を鏡にひげそればおり姫様も一目惚れなり
藤井栄一（54歳）熊本県

夏がきたあついあついと汗がでる今年の夏もあつい日ばかり
星先寿弘（46歳）熊本県

介護士さんあなたの笑顔はほん強かどん薬てちやかなわっさん
堀　裕子（66歳）熊本県

いつ見てもあなたの笑顔美しいきっとこれこそ健康秘訣
松岡亮介（32歳）熊本県

天職と思いながらに詩作り特老ホームの老々学習
馬原俊夫（89歳）熊本県

たいようのひざしにからだこわれそうまけてたまるかことしのあつさ
丸山千春（44歳）熊本県

今日も移乗腰が悲鳴を訴えるも聞いてはくれぬ吾が魂
三浦大吾（35歳）熊本県

つらいとき苦しい時も顔晴《がんば》ろう空気も水も時間もあるよ
三浦はるみ（83歳）熊本県

目の前の乾ききってる紅い花水をそそいでいのちを思う
宮田和美（55歳）熊本県

どっこいしょついついでてくる口ぐせに老いも若きも関係なしよ　吉田たまき（68歳）熊本県

帰りたいウロウロ動き座らずにどうしたもんか考える　吉田ゆかり（40歳）熊本県

それぞれの名前を問へばうれしげに由来を語る渡欧子《とおこ》さんたち　田口玲子（64歳）大分県

両手とりじっと目を見て話を聴くしだいに落ち着く不穏の人は　土屋多喜子（77歳）大分県

デイケアに来し老夫婦代《か》はる代《が》はる肩をもち合ひぼちぼちくつ脱ぐ　深藏孝子（76歳）大分県

太ったね訪問する度心配されどっちが介護されているやら　重久悦子（53歳）鹿児島県

湯上がりの汗をふきつつゆく先にきんぴらごぼうの香りする　地福利江（55歳）鹿児島県

肩くみて同期の桜口ずさみ平和の今に涙ひとすじ　高辻恵子（60歳）鹿児島県

息子には「初めまして」と挨拶し身を乗り出して父は妻呼ぶ　青山昌子（71歳）宮崎県

風呂上りしわしわ顔に縦横とマダムジュジュ塗りツルツル変わる　荒川福美（59歳）宮崎県

満天にこぼれるほどの天の川願いを浮かべ明日へ流る　五十嵐　聖（61歳）宮崎県

喜寿米寿　何が楽しい生きるのみ食うて糞して世にはばかりぬ　石　峯　勝（79歳）宮崎県

利用者を笑顔にしたい一心で女を捨てる日もあるよ　井戸川綾子（49歳）宮崎県

車乗りゆられてデイへきてみればなじみの顔に心なごむよ　井上裕子（48歳）宮崎県

筋トレで脂肪減少うれしくてつい食べすぎてもとのもくあみ　今村尚子（64歳）宮崎県

せみの声今年もきたぞ暑い夏うなぎを食べて今年をこそう　岩元康江（48歳）宮崎県

老いふたり手押車に身を委ね何語れるや花の西都原　大塚キヨ子（75歳）宮崎県

若き日の武勇伝聞き囲碁を打つ卒寿の翁柔道三段　大塚眞男（74歳）宮崎県

老いてなお私のできるボランティア被災地想い捧ぐ祈り　小川博司（44歳）宮崎県

とつとつと戦争語る老人《ひと》の指亡き父に似てそっと触りぬ　小澤純子（67歳）宮崎県

妻逝きて後今介護を受くる身となりし卒寿を過ぎて白寿を待てり　押川順子（65歳）宮崎県

七夕に祈りをこめし手を合せ迎えはいらぬまだ妻がいる　甲斐昭子（69歳）宮崎県

三階のバルコニーまで歩きましょう足の運動イチニイチニ　甲斐智美（42歳）宮崎県

父ちゃんが待っているから帰るわと日暮れに急ぐ独りの媼　上門典子（72歳）宮崎県

花ビラも茎も真っ赤に塗りつぶし許せぬことでもあったか媼は　河合小夜子（70歳）宮崎県

また来てね手をふり別れあの人はだれだったかな笑う母親　川邊文子（58歳）宮崎県

我が父母と笑顔重なり少しでも楽しい一日をと声かける　河野加代子（59歳）宮崎県

サロン便り我背丸く孫男子とぼけます小唄体操楽しや　久保田恵美子（70歳）宮崎県

「八重子のハミング」に涙止めどなくオレンジカフェで歌う君を思えば
黒木美保（67歳）宮崎県

デイサービスの食事作りでキザミ食九十代食欲おうせい
郡山洋子（82歳）宮崎県

夢を持てこの先どんな世になるかしっかり見届け先人に伝えたい
小原民生（71歳）宮崎県

梅雨の晴れ猫もあくびをしておりぬ車いす押す我も和めり
佐々木英機（76歳）宮崎県

利用者様に亡き母の面影写し穏やかな日が続きますよう祈ります
佐藤幸子（75歳）宮崎県

アルバムに今亡き父母と我が生家過ぎさりし日々望郷の念
島田孝子（69歳）宮崎県

午後三時昔とりたる杵柄で茶道の点前皆に披露す
清水千代子（63歳）宮崎県

送迎のバックミラーに移る顔ふと目が合えばうれしはずかし
下久保涼子（56歳）宮崎県

トマト二個アンパン三つ好物を九十八歳元気と交換する日
杉田和子（79歳）宮崎県

我れの年目ざすと同僚言い呉れし七十にして介護の楽し
鈴木みち子（49歳）宮崎県

音頭とる方の作品見てみたい毎年恒例短歌大会
関本満義（54歳）宮崎県

早よ死にたい言うけど刃物持ったヤツ来たら這っても逃げるでしょ？
高崎正行（54歳）宮崎県

生きる為高めていきたいケアの質時間に追われ学びが足りない
髙橋哲也（32歳）宮崎県

不機嫌なあなたの笑顔みたくって下手なひょっとこ踊れば成功
高藤満代（69歳）宮崎県

ばあちゃんに買物頼まれメモを見る花菊酢？？意味が分からず　竹田友子（56歳）宮崎県

一日の勤務を終えて帰路につく心いやすは二匹の猫《こ》　竹松博美（48歳）宮崎県

梅雨が明けミンミンと鳴く音がなり様子を見ると親のいびきよ　谷口良平（41歳）宮崎県

足弱り記憶落ちてもその笑顔僕の悩みはなんと恥ずかし　田原公彦（60歳）宮崎県

なつやすみこうこうせいはやすみなくがっこうへいくがんばれむすめ　主税ひとみ（45歳）宮崎県

「私」より「あなた」を思いやる気持ちＩがＹＯＵになり愛となる　中馬慎一郎（32歳）宮崎県

たけのこは買うものじゃない教えられ採り方食べ方技磨く　築地由麻（29歳）宮崎県

施設では優しく対応できるのに実の祖父には実に厳しく　鳥原健一郎（44歳）宮崎県

目が合って思わず笑う年の差四十《しじゅう》重なり合うのは二十歳《はたち》のココロ　内藤さおり（39歳）宮崎県

ほほに受けめがねはどこに母の顔肩をたたいたやさしいあなた　中原恵子（59歳）宮崎県

介護の道に入って十五年きびしさ楽しさ感じ心で涙し笑顔で感謝する　長山紅子（56歳）宮崎県

帰り道心はひとつうきうきと園の人たち笑顔を思い　南里あかり（81歳）宮崎県

帰る時感謝のことば手をあわせ拝む姿に涙が出ます　西山満智子（43歳）宮崎県

もうだめだ祖母の口ぐせ通帳のありかを孫へ元気な笑顔　温水美由希（33歳）宮崎県

夕食後今日も一日何も無く過ごせる幸教えてくれた　根比　修（50歳）宮崎県

横になる回数増えたねお母さん特効薬は孫との会話　濱元知美（43歳）宮崎県

夏の夜の自宅で眠る寝苦しさデイのベッドで寝息がきこえる　日高　鋭（36歳）宮崎県

定時刻オムツ交換するたびに放屁する人肉親のごとし　日高康晴（65歳）宮崎県

いい色ね紅の話に会話咲く次は負けじと赤紅で来所され　平河幸代（57歳）宮崎県

運動会　介助する手を振り払う負けない気概未だ健在　平田真文（53歳）宮崎県

「どっこいしょ」掛け声かけて立ち上がる利用者見守り我も「どっこいしょ」　平原直子（52歳）宮崎県

一人去りまたひとり去る高齢者うたの会消ゆ葉ざくらの季《とき》　福原美江（71歳）宮崎県

忖度と言われて気づくマイ介護ちゃんと言葉で言ってほしいな　福元沙織（40歳）宮崎県

今日は元気がいいですねの一言にハッとし昨日の私につたえたい　藤本由紀子（49歳）宮崎県

人生の先輩たちの意見聞き育った野菜夏の思い出　堀之内直美（50歳）宮崎県

目ふさがりテープでつりてああ見える見た目悪いがわれ勝手よし　真喜志千穂子（58歳）宮崎県

皆さんのねぎらいでまた頑張れる「お疲れさまねまた明日来てね」　溝口照美（63歳）宮崎県

桜雨《さくらあめ》明けや学校の夏休み前アサガオをみんなで植えて梅雨明け海開き　光行正成（28歳）宮崎県

末期癌いつも気丈で語り綴《つづ》る亡くなって気づく母の愛情

宮田美香（44歳）宮崎県

大病の過去振り向かず前を向く笑顔で語る彼女の強さ

籾田尚美（43歳）宮崎県

幼き日覚えし唄歌《うた》を次々に歌う女性はもうじき百歳

山崎キヌ子（85歳）宮崎県

初めての祭りに花火かき氷ニコニコ笑う可愛い我が子

山下憂璃（24歳）宮崎県

利用者に挨拶すると答えうる映画の名残りか君の名は

和田拓也（29歳）宮崎県

学生の歌

介護者の歌③

介護とは大変そうと言われるが寄り添い支え大切な仕事　秋月ふみ子（21歳）愛知県

これからの価値ある仕事乞うご期待これが介護の３Ｋなんです　伊藤　茜（21歳）愛知県

楽しいと幸せがある生活に利用者の夢叶えてあげたい　大園真依（21歳）愛知県

利用者やりたい事を見つけだし楽しく人生過ごせるように　太田みのり（21歳）愛知県

利用者に配慮された福祉環境家族の悩み気軽商談　陳　倩（27歳）愛知県

人にとって笑うは大切花にとって雨天は大切幸福は大事　娜　莎（24歳）愛知県

満面の笑みで言われるありがとうよしがんばろうと糧になる　山口咲良（21歳）愛知県

満面の笑顔に見取る君の意を心通いて喜び響く　吉田絵璃子（21歳）愛知県

夏が来て空を見上げて思いだすあの時見せた二人の笑顔　赤澤果南（19歳）岡山県

「あんただれ」「実習生です」の繰り返しそんな時間が一番楽しい　太田朱香（19歳）岡山県

ばあちゃんの日に日に募る物忘れただのボケだと聞いて安心　大箕穂乃香（18歳）岡山県

訪問時毎回むせる利用者さん調理の工夫日々考える　大矢夏花（20歳）岡山県

利用者さん思い出話に花咲かせ私の聞くこと笑顔でスルー　岡本優花（20歳）岡山県

ふと思うやりたい事は何なのかこのままでいいのか違うのか　鎌矢史子（19歳）岡山県

入学し実習に行って改めて目指したいのは本気の介護　志茂夏海（19歳）岡山県

「あんたな、また私に会いに来てな」実習の日の最後の言葉　髙田麻帆（18歳）岡山県

実習中利用者からの「がんばって」その一言でがんばれます　髙野脩貴（19歳）岡山県

帰り際におばあちゃんからありがとう明日はもっと頑張れそうだ　竹林博美（19歳）岡山県

夏が来た海に行きたい遊びたいだけど本当はゴロゴロしたい　田村将基（19歳）岡山県

家に着き車を降りると夕飯のおいしい香りとおかえりの声　長田虎太郎（19歳）岡山県

利用者さん見知らぬ私に近づいて「大変ですね介護の仕事は」　南部衣吹（19歳）岡山県

会う度に痩せ細ってく利用者さん今日もおいしいご飯作るね　野村華子（19歳）岡山県

初めての介護実習緊張し利用者さんとあまり話せず　原　瑞希（19歳）岡山県

その笑顔たちまち元気にしてくれる抱えた不安一気に消えた　平田奈穂（18歳）岡山県

「梅雨ですねバースデーツーユーなんちゃって」笑う職員利用者無言　向井杏奈（19歳）岡山県

大雨であなたも被害受けたのに人を助けるあなたらしいね　山本実夢（20歳）岡山県

実習はいつも緊張するけれど利用者さんの笑顔に笑顔　吉藤琴未（20歳）岡山県

休日は父母兄弟出はらって僕は一人で課題と格闘　吉村　拓（19歳）岡山県

利用者の笑顔輝くケアプラン作ってみたら意外と難かし　安達彩貴（17歳）大分県

たくさんのあなたのことを知りましたまた会いましょう長生きで　穴井真緒（18歳）大分県

リハビリを毎日頑張る一時から今日あの場所で頑張ってるかな　安藤サラサ（18歳）大分県

最終日利用者さんとのお別れでやさしい言葉に涙こぼれる　安藤凪咲（18歳）大分県

たくさんの涙を流した利用者さん最後に見たのはきれいな涙　安東那菜帆（17歳）大分県

介助中利用者さんから「ありがとう」その一言が嬉しかった　安東瑞稀（18歳）大分県

利用者さん温かくしみる魔法の手また会える日を待っててね　池永武史（17歳）大分県

三十人孫だくさんの利用者さん美紀子に法子に孝二にひかる　石田蒼衣（18歳）大分県

施設では怒った顔のおばあちゃん笑顔になるのは菊を見た時　岩田愛美（17歳）大分県

最終日握手をかわした利用者さん温かい手が心にしみる　岩本　遥（17歳）大分県

『家帰る』口ぐせにいう利用者さん僕も言いたい『家帰る』　上田　岳（18歳）大分県

たくさんの笑顔で溢れた空間はかけがえのない努力の証　江藤結衣（18歳）大分県

読むごとに面白くなるこの本もクライマックス高まる鼓動　大久保亜慧（18歳）大分県

顔と名前覚えてくれてマジ感謝じいちゃんばあちゃんありがとう　大津海人（17歳）大分県

帰りぎわまたねと言って手をふったあなたにも一度会えるといいな　大林　花（18歳）大分県
茨木のいいとこたくさん教えてくれたあなたの笑顔もいいだっぺ　大平果実（18歳）大分県
現場で見た利用者思いの介護士に近づける日がいつか来るかな　小川真海（18歳）大分県
その笑顔フロアに響く笑い声あなたと過ごした十五日間　小野俊輔（17歳）大分県
帰り道脳裏に浮かぶあの笑顔明日も元気に会えるといいな　甲斐歩奈（18歳）大分県
カラオケで青い山脈歌うのは南高校福祉科だ　甲斐遥香（18歳）大分県
何気ない毎日の会話よみがえるあなたの笑顔思い出す度　甲斐未来（18歳）大分県
最終日悲しむ姿身にしみるまた会おうねと指きりげんまん　加藤朱音（18歳）大分県
温かな秋の陽だまり色づく葉ほほ笑む横顔幸せ感ず　加藤真侑（17歳）大分県
職員さんそっと動きを見ていると優しさたくさんあふれてる　亀井瑞希（17歳）大分県
歩行器をたまに忘れて歩きだすひやひやするよ私のハート　川野純加（17歳）大分県
帰り道頑張らんへとはげます声に明日も一日頑張ろう　川野華奈（18歳）大分県
富士の歌人目気にせず利用者さんいつも笑顔をありがとう　河野晴菜（17歳）大分県
好きなもの聞いて帰った木曜日日に日に減ってく知らない事が　河野真奈（18歳）大分県

散歩中見つけたどんぐり受け取ったその先にある優しい笑顔　神田七瀬（18歳）大分県

「頑張って」そのひと言でこれからは辛くなってもやる気になれる　吉良咲絵馨（18歳）大分県

苦しみを乗り越えその先本当のやりがい楽しさ感じる時　工藤明日菜（18歳）大分県

手をにぎるにこっと笑うおばあちゃん小さな姿が愛おしい　工藤美優（18歳）大分県

最終日あなたが言った「またいつか」次に会うまでお元気で　熊谷麗都（18歳）大分県

一日中朝から晩まで将棋づけまぶたを閉じても動く飛車・角　後藤太陽（18歳）大分県

利用者の笑顔でいやされ帰る道明日はどんな話をしよう　後藤美音（18歳）大分県

驚いた介助の速さと丁寧さそんな姿に憧れます　後藤未来（18歳）大分県

なぜだろうあんなにきつい実習が今振り返ると恋しくなるよ　後藤結衣（18歳）大分県

あの笑顔やっと届いたあの言葉終わって気づく寂しい気持ち　佐藤あかね（18歳）大分県

失敗談笑って語れる先輩になるため今日も精一杯に　佐藤　優（18歳）大分県

会いたいと思う毎日身にしみる離れた息子会える日願う　佐藤優羽（18歳）大分県

実習も今日で終わりと伝えると寂しくなるねと涙こぼれる　佐藤祐海（18歳）大分県

温かい心を持って接すると自然と笑顔があふれてく　佐東理紗（18歳）大分県

なつかしいいつでも聞きたい歌声をリンゴの歌に荒城の月　佐保百香（17歳）大分県

利用者さんとたくさんパズルを完成させた楽しくできてよかったです　柴山瑞輝（18歳）大分県

ばあちゃんが恋人いるのと言ってくるクリぼっちのぼくなみだがでたよ　下郡芽依（18歳）大分県

ドレミの歌リズムに合わせて口ずさむ利用者さんと歩行練習　勢家舞里（17歳）大分県

実習でできた思い出よみがえり顔を見れない最後の日　園田健人（17歳）大分県

おばあちゃんよく笑うよねいいことさその笑顔にねみんな笑うの　竹中菜緒（17歳）大分県

ドアを開け最初に映る利用者の手を振る姿に今日も頑張る　田中美帆（17歳）大分県

利用者と別れた後の帰り道思いがすべて溢れ出す　田中璃奈（17歳）大分県

利用者が名前を呼んでくれた時笑顔がこぼれ一人にやける　玉井ましろ（18歳）大分県

初めての介護実習失敗し迷惑かけてすいません　鶴橋史也（18歳）大分県

最終日ギュッと抱きしめ最後の言葉笑顔でエールくれたあなた　徳丸菜々美（17歳）大分県

最終日別れが惜しく泣いてると言われた言葉「あんた名前は？」　戸髙那奈美（17歳）大分県

寒くなり満面の笑み思い出す利用者さんは元気かな　永江未夢（18歳）大分県

入浴介助でお礼を言われた日介護士になる意欲が増した　中島一輝（17歳）大分県

大好きな利用者さんに別れのあいさついつもの姿に涙こらえる
西原夏希（18歳）大分県

最終日過去の思い出振り返り涙流す老わない心
野田汐音（17歳）大分県

青空の下でおしゃべり余暇時間野津原にくわしくなりました
畠中悠翔（18歳）大分県

最終日さみしいなぁのその声にまだまだいたいあなたのそばに
飛田彩香（17歳）大分県

「ありがとう」あなたの笑顔で頑張れただけど次の日「あんた誰かえ？」

平野華鈴（17歳）大分県

目の前であっというまに全量摂取いらなくなった食事介助
廣岩萌花（18歳）大分県

二週間共に過ごした利用者さん夕日を見ながら最後の会話
広瀬智哉（18歳）大分県

不安なまま実習を迎え自己紹介あなたの笑顔で私も笑顔
廣瀬菜々美（18歳）大分県

ありがとう笑顔と言葉が嬉しくてそれを心に頑張ります
藤原菜緒（17歳）大分県

繰り返す同じ話を何度でもこのまま続けあなたとの時
古澤将人（18歳）大分県

現場でのプロの手際は素晴らしい自分も早く追い着きたいな
松本啓吾（18歳）大分県

この施設あなた中心で回ってるあなたが笑えばみんなが笑顔
蓑田竜希（18歳）大分県

背を洗い昔の思い出語り出す聞くたび浮かぶきれいなあなた
宮原共加（17歳）大分県

人生の先輩達から教わったまず何事も経験すべし
武藤竜冴（17歳）大分県

ありがとうこの一言でやりがいを心通った充実の時
宗像　茜（17歳）大分県

何回も自己紹介から始めますあなたに名前覚えてほしくて
村井竜己（18歳）大分県

疲れてもありがとうの一言で疲れ吹き飛び元気一〇〇％
守口茉由子（18歳）大分県

時間きてもう帰るの？と問う顔が重ねた日々を物語ります
矢野百華（18歳）大分県

利用者のほっこり笑顔愛らしいずっと見てたいあなたの笑顔
横山歩睦（18歳）大分県

ありがとう涙をためてそう言ったそんなあなたとまた会いたいな
吉川美波海（18歳）大分県

歌うたいスッキリスマイル褒められて彼の気持ちはアイドル気分
赤池恵実（19歳）宮崎県

ばぁちゃんの笑顔を見るとほっとしてやっぱり私はばぁちゃんっ子
阿南亜美（19歳）宮崎県

子どもにとって学校の先生よりも分かりやすい高齢者による社会科授業
安部雄貴（19歳）宮崎県

朝早く弁当つくる姿見るそっとつぶやく「ありがとう」
網谷梨乃（27歳）宮崎県

どんな時も一緒の時間が宝物今も変わらずあなたはあなた
有馬大翔（18歳）宮崎県

忘れない祖父との別れあの辛さ次は私が守る感情
井　天音（19歳）宮崎県

生まれた日気持ち伝える素直なり自分にとって真の母の日
池田大誠（18歳）宮崎県

指折って文字を数える短歌かな頭のなかは諭吉数多に
池田　光（18歳）宮崎県

すいませんを何をするにもすいません祖母が謝る相手は娘
池末景一（22歳）宮崎県

励ましのまなざしむけてあきらめず親が私を支えたほどに
石井夏美（27歳）宮崎県

春になり一人暮らしで親離れ日に日に増える感謝の気持ち
伊地知美月（18歳）宮崎県

憧れのナース目指して学校へ今日も見ててねナイチンゲール
石本衛岬丸（18歳）宮崎県

知識得て会いたい人は今は亡くそれでも学ぶ想いを込めて
一政智子（46歳）宮崎県

がんばろう支えてくれる友がいるおなじ志を持つナースのたまご
井手朱莉（18歳）宮崎県

幼き日祖父の背中は大きくてしかし今ではかよわい男
伊藤駿平（18歳）宮崎県

行かないと言っていつも断ったあの頃に戻りたい悔いだけが残る今
伊東友紀（19歳）宮崎県

祖母の手が日に日に弱る薬飲み新聞配りいつもありがと
井上愛美（18歳）宮崎県

もう寝るよ明日は仕事だ父親の口癖聞きつデイの仕度す
井上直子（49歳）宮崎県

祖父と祖母いつも笑顔でいてほしいそれは私の宝物だよ
岩切奈菜（18歳）宮崎県

同じ時遊び走ったあの祖母の笑顔今では鳥籠の中
岩田竜一（18歳）宮崎県

手を握り小さな声でこう言った苦しい道も楽しんでいけ
上村達也（19歳）宮崎県

うちの祖父思い出話とまらないこれで終わりかいやまだ語る
内間菜里絵（19歳）宮崎県

暑いねと友とかわして想い出す恋しく思う故郷《ふるさと》の海　梅田楓唄佳（21歳）宮崎県

祖父の声頭の中に残ってる思い出とともにふとよみがえる　占部　来（19歳）宮崎県

母の日の買い物行った山形屋気付くと手には祖母への物も　浦松亜未（19歳）宮崎県

利用者の昔のことがよみがえる笑顔が増える回想法　上森雪乃（19歳）宮崎県

毎日を楽しく過ごす方法はたくさんあるが自分なりに　江川樹里杏（19歳）宮崎県

病院に行く度行く度弱ってる無駄な時間を過ごさぬように　江本信哉（19歳）宮崎県

土曜日はおじいちゃんと電話の日変わらぬ声が元気な証　大田　栞（18歳）宮崎県

介護には食事排泄だけじゃない幸せ守る大事な仕事　大戸美月（20歳）宮崎県

可愛い娘さん名前は何と言うんだい祖父は言う貴方の孫よと祖母笑う　大村夏鈴（19歳）宮崎県

かえりたいそううったえるあなたの声寂しさと不安でいっぱいのかお　小代歩佳（18歳）宮崎県

日頃からしっかりしろと祖父叱る思いかえせば懐かしき日々　小田優人（19歳）宮崎県

春からの一人で立つ場台所思い出すのはあの味と祖母　乙守詩織（18歳）宮崎県

千羽鶴祖母無事祈り今日も折る出来うることは自分これのみ　鬼塚実菜美（19歳）宮崎県

宮崎のＵＶ光が目に刺さるこれを機会にグラサンデビュー　小野田佑香（19歳）宮崎県

看護師を目指すきっかけくれた祖父心の中で生き続けてる
甲斐穂乃香（18歳）宮崎県

食卓を皆《みんな》で囲みむせる親老いも近いと覚悟を決める
甲斐真保美（44歳）宮崎県

動く針早まる鼓動大好きなあの子に会える二分前
甲斐優香（18歳）宮崎県

高齢者夏には絶対気を付けて危ないからね脱水症状
甲斐陸杜（19歳）宮崎県

たくさんの笑顔が見える祖父母の顔いつでも会いに行けるといいな
梶井航平（19歳）宮崎県

段ボール溢れる緑独り身にお疲れ様と玉葱香る
鹿島里奈（18歳）宮崎県

ひとりきり家族がいない家の中「おかえり」の声恋しくなるよ
片田　彩（19歳）宮崎県

朝早くバスに乗り込む日常が今限定の僕の青春
鎌田香織（18歳）宮崎県

目が回る同じ所を行き来する三周回って孫の顔見る
川越広大（19歳）宮崎県

介護して体に伝わるぬくもりに優しく出来る心の底から
川崎朝飛（19歳）宮崎県

祖父の顔時折見せる笑顔より思い出すのは塩な顔
河津龍人（19歳）宮崎県

九十九の独り暮らしを訪ねれば散髪したて笑顔で語る
河野明美（52歳）宮崎県

電話先故郷の祖父が笑ってるこれから先も笑っていてね
川野愛美（20歳）宮崎県

お若いね言われる為に磨く祖母欠かせないのは定期健診
河野萌佳（18歳）宮崎県

祖母の膝弱り階段きつくなり手を握りあい仲良くのぼる　川野璃々瀬（19歳）宮崎県

見ることはできないけれど心にはみんな持ってる暖かいもの　川原星華（18歳）宮崎県

いもうとの心配電話かわいくて次の帰省の予定立てよう　川平真穂（18歳）宮崎県

夢を追い宮崎に来たこの春を忘れぬように胸に刻もう　木島　雅（19歳）宮崎県

好きな場所行きたいお店さべつなくバリアフリーでいざゆかん　岸本尚樹（19歳）宮崎県

年老いて体が弱る祖母だけど心にしみる祖母の味かな　北原朋佳（19歳）宮崎県

会うたびに細くなってく腕や足でも握る手は力強いね　久貝優芽（19歳）宮崎県

腰と膝イタイイタイが口癖の祖母を見て孫胸を痛める　草場大蔵（19歳）宮崎県

いつの日か祖母の笑顔が消えていた孫の名前も消えさっていた　工藤美幸（18歳）宮崎県

祖父の家家族で帰る青い空皆でにぎわう四畳半　久保　亮（19歳）宮崎県

目の前の命を守るそのためにいざ学ばんと決意を胸に　倉橋知里（19歳）宮崎県

利用者の話す言葉に寄り添ってニーズを叶え笑顔を増やす　栗下ありさ（19歳）宮崎県

疲れたと看護師の母言うけれど頑張る背中俺の目標　黒岩雄大（27歳）宮崎県

週末におばあちゃん見てホッとする元気な声と明るい顔に　黒木郁乃（18歳）宮崎県

あんた誰利用者からのひと声に笑顔で答える介護福祉士　黒木冴華（19歳）宮崎県

一目でも会いたいのにな曾祖母に宙に漂う私の気持ち　黒木真依（19歳）宮崎県

先生の後押しあって合格だ夢に向かって今突き進む　黒木真愛（19歳）宮崎県

これからもよろしくと言うその声に返事せずにはいられない私　黒木伶奈（18歳）宮崎県

触れ合えば伝わってくる手の震え僕が恐いの死が恐いの　黒田修平（18歳）宮崎県

しわだらけそんな笑顔もいとおしい苦労した分長生きしてね　黒田直孝（43歳）宮崎県

あくる日も汗水垂らし今日もお願いします元気に挨拶　小佐井浩彰（27歳）宮崎県

腹痛め私を産んだ母支え次は私が支える側へ　小崎未季（19歳）宮崎県

幼いころ祖父と遊んだいい思い出しかし今でもいい思い出　小島成一朗（19歳）宮崎県

私の手握りしめつつうつむいたまぶたに映る私は無力　小薗愛優美（21歳）宮崎県

愛犬の転けた姿に見て笑う同時に転ぶお揃いになる　五代莉菜（18歳）宮崎県

利用者にレクリエーション笑顔になる皆で作ろう明日へ活力　児玉　哲（19歳）宮崎県

念願の介護福祉士とったのに支えたかった祖母はもういない　児玉将吾（19歳）宮崎県

病室の天井見上げ祖母は言う「会いたい父さん」亡き祖父思う　後藤允沙紀（19歳）宮崎県

手をつなぎ転ばぬように声掛けて子供のころをふと思い出す　後藤裕子（44歳）宮崎県

個別レク手まりをつくるあの笑顔無邪気に見えた午後のひととき　小中原千晶（21歳）宮崎県

おはようと言える家族のありがたさしみじみ思う今日この頃　小森彩葉（19歳）宮崎県

たまにはさスマホを置いて出掛けよう君の周りは素敵な世界　細田汐織（19歳）宮崎県

空港で見送るときに言われたよ次会うときはないちゃだめよ　齊藤あかり（19歳）宮崎県

がん告知いろんな想い忘れない一人じゃない皆の笑顔　佐藤麻衣（30歳）宮崎県

保ちつつ人の尊厳守り抜く相手の気持ち考えてゆく　佐伯寛太（21歳）宮崎県

母の声いつも優しく温かいやっと気づけた母の偉大さ　酒井笑莉（19歳）宮崎県

分け合おう誰かのために幸せをきっと救える名も知らぬ友　坂田真緒（18歳）宮崎県

ありがとうかすれた声でそう言われその一言を聞く価値がある　酒見遼河（17歳）宮崎県

人と会い人と話して人を知り今日も学ぶよ看護のために　坂元竜斗（19歳）宮崎県

宮崎のナイチンゲールそう呼ばれ今日も一日頑張るゲール　佐々木泰和（20歳）宮崎県

勉強でしてきたことを実習にうまくできなく泣いた日々　佐々木美月（19歳）宮崎県

守り抜く同じにしない人生を一人ひとりを見つめる者に　佐藤公香（19歳）宮崎県

あと二分祖母の最期に立ちあえずやはり時間は待ってはくれず　佐藤慧士（18歳）宮崎県

いままでの育ててくれた恩の分将来返すそれまで生きて　佐藤純一（19歳）宮崎県

実家から届く荷物の送り状涙でにじむ父の下手な字　佐藤菜々花（19歳）宮崎県

日々の事日記にしるした孫ともにいつか忘れ孫成長　佐藤邑風（18歳）宮崎県

我が母よ捨ててくれよと言わないで一緒に居ようと言って下さい　佐藤龍紀（19歳）宮崎県

「元気かい？」問いかけられて困り顔にっこり笑顔は写真の中に　佐藤瑠南（18歳）宮崎県

あなたをね気長に待つわ来るまでは先輩着てるあのナース服　澤部知奈津（19歳）宮崎県

なりたいな介護福祉士なりたいな支えていくよ老人を　椎　子龍（19歳）宮崎県

先輩の実習服を見るたびに早く着たいと憧れ抱く　椎葉絢美（19歳）宮崎県

パソコンのやり方を聞く叔父が言うもう分かったよ分かってないよ　塩月亮五（19歳）宮崎県

施設でね楽しくすごす高齢者この瞬間《とき》とても輝いている　篠原光紀（18歳）宮崎県

本当はうまくもないのに料理する祖母の笑顔が見られるのなら　柴田圭太朗（19歳）宮崎県

ばあちゃんと一緒に踊った盆踊り今も忘れない夏の思い出　清水亮真（19歳）宮崎県

亡き祖父に愛され続けて思うことこの世界には愛しかないんだ　下田　航（20歳）宮崎県

また来てねおばあちゃんが念を押すまた来ますねと笑顔の私　下別府遥香（19歳）宮崎県

夢を追う君の姿は眩しくて私も続けて夢へと向かう　白貝瑛里奈（19歳）宮崎県

初月給人生初の大人買いかけがえのない家族の笑顔　城本喬華（19歳）宮崎県

ぼんやりと大好きだった祖父思いよし頑張るぞって夢を追う日々　陣　真夏海（19歳）宮崎県

その笑顔何度私を救ったかまだ頑張ると決心できる　新屋敷眞子（18歳）宮崎県

ありがとう支えてくれる私の心家族がいると笑えるよ　陣脇成美（19歳）宮崎県

最新のスマホに変えたおばあがね送るメールの中身かわいい　杉田未悠（20歳）宮崎県

気付いたら祖父の体は小さくて祖父の笑顔は消えていた　鈴木未来（18歳）宮崎県

利用者の望む生活知るためにコミュニケーションはじめの一歩　鈴木涼太（20歳）宮崎県

大丈夫第一声の君の声早く会いたい思うこの頃　清　さやか（19歳）宮崎県

認知症夜中徘徊大変だ気分転換レスパイトケア　瀬口貴義（26歳）宮崎県

おばあちゃん最後にくれたメッセージ微笑む顔に込めた頑張れ　瀬口椋子（18歳）宮崎県

七階の西の端へと電話するパジャマで手を振るあなたが見える　瀬﨑智美（31歳）宮崎県

会う度に包まれてきた祖母の胸今となったら祖母包む僕　園田友希乃（18歳）宮崎県

うっすらと動く目だけでみつめられ涙ながして送ってくれた　平良咲奈（19歳）宮崎県

おばあとの会話方言伝わらずゴメンと思い笑いごまかす　平良千尋（19歳）宮崎県

久々に古びた図鑑めくる夜せめて知りたい名前だけでも　髙木　花（18歳）宮崎県

伝えよう感謝の言葉ありがとう声かけ一つで変わる表情　高木陽菜（19歳）宮崎県

離郷時にあれもこれもと持たす母懐かしいわとほほえむ祖父母　高木萌絵（18歳）宮崎県

願わくば施設に入らず自宅にて最後の時は家族と一緒に　髙田　碧（20歳）宮崎県

なつかしい思いにふけるひとときに涙一粒回想法で　髙橋綾音（19歳）宮崎県

いつまでも祖母の口癖思い出す今度は私が恩返し　髙松可純（18歳）宮崎県

いつまでも周りの人を思いやり笑顔の似合う人でありたい　高山玲奈（19歳）宮崎県

これからも心の中で笑ってるばあちゃんの笑み世界一　滝下嘉樹（18歳）宮崎県

幼き日身長比べをした傷の跡より小さい祖母の背たけよ　竹内陽菜（19歳）宮崎県

高齢者今日も一日はじまった元気に動きついていけない　竹下紀子（30歳）宮崎県

夏休み地元に帰省免許とり祖父母を乗せて宮崎巡り　田尻南華（18歳）宮崎県

祖母が言う祖父の悪口止まらないなぜかそこから愛を感じる　田代和鈴（18歳）宮崎県

掲げよう未来の私叶えよう夢に向かってオンユアマーク　田中星奈（19歳）宮崎県

職員の人は高齢者のしえんたいへんだみんなで支える思いやりの心　田中尊也（18歳）宮崎県

認知症笑顔が消えた今の祖母溢れ出る涙止められない　田中瑞李（18歳）宮崎県

絵が好きな施設で出会ったおじいさん私にくれた絵は宝物　田中留菜（19歳）宮崎県

いつの日か君のウィンクもらうため女磨きに没頭中　谷口くるみ（19歳）宮崎県

ああ眠いむりやり瞼《まぶた》こじあけるふと気がつくと夢の中　谷口ひろの（19歳）宮崎県

はりきってスマホに変えた祖父祖母に今日も始まるスマホ教室　谷　萌々香（18歳）宮崎県

近頃の自分で作った卵焼き無意識だけど似る祖母の味　谷山碧南（19歳）宮崎県

父倒れ何も出来ずに立ちすくむあの恐怖心今日も忘れず　谷山貴里奈（19歳）宮崎県

新しく看護の道に踏み込んだ初心忘れず夢を叶える　田原　菫（19歳）宮崎県

未来への胸の高鳴り限りなきナース目指して駆ける足音　田平慧吾（19歳）宮崎県

母の声心やすらぎ安心し心の疲れきれいに晴れる　玉城美祐（19歳）宮崎県

大胸筋増えるはいいが難点もTシャツ着るとにじむホモ感　知屋城　潤（18歳）宮崎県

祖母と行く自然豊かなやまのぼり昔と今と時間がまざる　堤　亜季子（19歳）宮崎県

もの忘れついさっきの事なんだっけ思い出したいまたもの忘れ
寺本拓馬（19歳）宮崎県

真夏日の夜空に咲いた遠花火祖母と見ていたなつかしの夜
土井絢乃（19歳）宮崎県

青春どこまでつづくこの気持ち汽車の音とあなたと共に
戸髙由貴（48歳）宮崎県

看護師の仕事している母を見て私もなろうと決めたんだ
富高璃奈（19歳）宮崎県

白い部屋家族のいない僕をみて一人でもいい君だけでもいい
富山柚奈（19歳）宮崎県

帰るたび祖母の趣味が増えていく一緒に増える笑顔が好きだ
友松美結（18歳）宮崎県

情けないそう祖母はつぶやくが私にとっては自慢のばあちゃん
豊岡結凪（19歳）宮崎県

宮崎の列車の中でゆらり揺れ向かった先は祖父母の笑顔
鳥原亜美（19歳）宮崎県

みやざきのひなたのように暖かくみんなを包むナース目指すぞ
長尾健太（18歳）宮崎県

亡き祖母は暴れるからと追い出されたらいまわしの病院巡り
中島櫻子（19歳）宮崎県

看護とは病む人々の消耗を最小限におさえる仕事
中島裕大（19歳）宮崎県

これあげる折紙《おりがみ》くれた小さい子笑顔になれるよし頑張れる
中武樹里（19歳）宮崎県

日に日に利用者が楽しいと言っているのが心打たれる
永田浩平（22歳）宮崎県

ふるさとを離れて気付く静けさに恋しく思う騒がしい日々
永田莉帆（19歳）宮崎県

人間だやりたいことをやるんだよこうかいしないようにやろうよう　長友郁代（36歳）宮崎県

いつまでもそばにいるのはできないがこの時間《とき》だけはそばにいさせて　長野飛鳥（20歳）宮崎県

毎日の祖母とのケンカが懐かしい一人になって気づく優しさ　永野　海（18歳）宮崎県

会うたびに痩せていく祖父辛そうで頬をつたった私の涙　長野良亮（18歳）宮崎県

俺かわるときどき君が言うけれど変われてないねその口癖も　中平拓実（25歳）宮崎県

四月から電子レンジが必需品食べたいものを買ってチンだけ　仲間太星（19歳）宮崎県

おばあちゃんずっと末長くたくましく地域の人を笑顔にしてね　中村斗偉（18歳）宮崎県

電話越し聞き取りにくい祖父のため今日も送るよ一枚の文　中村愛望（19歳）宮崎県

重ねた手愛しい笑顔深いしわ長い短いそれぞれの生《せい》　中村雄貴（20歳）宮崎県

おじいちゃん同じ物をいつも買うもうやめないとたまっていくよ　仲山大海（18歳）宮崎県

亡き祖父の優しい笑顔もう見れぬだけど今では家族の光　仲　祐紀（22歳）宮崎県

リハビリを勧める時は知らぬ顔夜に聞こえる汗落ちる音　那須優希（19歳）宮崎県

医療者はコミュニケーション必要だそして他には体力と知る　新名有紗（19歳）宮崎県

友達の血圧測りアドバイス気持ちはすでに白衣の天使　新納　碧（18歳）宮崎県

息子介護老老介護いずれも身につまされし五十路の終わり　西村裕幸（59歳）宮崎県

曽祖母が数時間ごとにめくってるカレンダーいつも誕生日　西山智晴（19歳）宮崎県

いつも見る安心できるその笑顔守っていくよこれからずっと　新田安里（19歳）宮崎県

患者さんいつも笑顔でありがとうその一言に救われる日々　二宮　桜（19歳）宮崎県

今だから気づいた母のありがたさ自分で料理大変すぎる　根間あすか（18歳）宮崎県

私の目じっと見つめる数秒で真意知りたい認知の視線　野口妃菜乃（19歳）宮崎県

利用者の助けになるよ介護人《カイゴビト》介護福祉士に私はなる　野村洋貴（20歳）宮崎県

おめでとう合格通知見るたびに涙を浮かべ喜ぶ祖父母　橋口華奈（19歳）宮崎県

悲しみに寄り添う看護届けたいあなたの心笑える日まで　橋口美咲（18歳）宮崎県

会うことができることならもう一度思い出話語り合いたい　橋迫かこ（18歳）宮崎県

口げんかののしりあいも今のうち数十年後母はどうなる　濱口政人（19歳）宮崎県

ひとことの言葉の重み日々感じ接するときの難しさある　濵崎優香（19歳）宮崎県

腰曲がる曾祖母が歩き十歩目で若き私の一歩分　林田真慧（19歳）宮崎県

手作りの牛丼食べて思うのはじいちゃんずっと長生きしてね　早瀬風香（19歳）宮崎県

祖母の声心の中に残ってるふとよみがえる思い出とともに
原澤龍之介（19歳）宮崎県

年重ね祖母の足どり遅くなりこころの歩調合わせる私
原野日菜多（19歳）宮崎県

会う度にあなたの笑顔が消えていく笑ってほしいあの頃のように
桧垣怜司（19歳）宮崎県

年重ね出来ていたこと減っていくがそこで僕らが手をさし延ばす
東田侑大（19歳）宮崎県

私がね家に一人の時いつも五分おき来るばあちゃんコール
樋口亜美（18歳）宮崎県

祖父と祖母一番優しい会うたびにしっかり言うよ「ありがとう」
日高鈴哉（19歳）宮崎県

賞は無し百まで生きた我したこと人笑わせた悪くはないだろ？
日髙龍斗（18歳）宮崎県

縁側で二人で分けた夏蜜柑そよぐ涼風溢《こぼ》れる笑顔
日髙礼奈（18歳）宮崎県

おばあちゃんいつまでもずっとおいしくてあたたかいコロッケつくってね
平石裕也（19歳）宮崎県

介護とはとてもつらいがやりきるとふれあいあそび笑顔いっぱい
平澤　郷（19歳）宮崎県

ありがとう利用者さんが言ってくれた私の心ポッカポッカに
平山祐里菜（21歳）宮崎県

笑顔でねずっと居てねと言った人逝ってしまった視れない笑顔
福士敬太（33歳）宮崎県

暑い夏水分たくさんとらないとなってしまうよ熱中症
福重亮太（20歳）宮崎県

かわいいねそっとつぶやいたふれたほほ優しいえがおみつめるひとみ
福元楓絵（23歳）宮崎県

「こんにちは」いつもどおりのあいさつを毎日すると安心するよ
藤井　葵（19歳）宮崎県

一人でも多くの人を笑顔にといつも心に頑張れ私
藤岡　陽（18歳）宮崎県

看護師になりたい心忘れずに日々の勉強怠りません
淵脇真尋（19歳）宮崎県

自慢だよ嬉しい言葉くれるけどそんな祖父母が私の自慢
外間ちひろ（18歳）宮崎県

突然にわが家に来客羽音のみ刺さないでくれ夏の訪れ
堀内蒼馬（18歳）宮崎県

赤ちゃんが転んだ事で笑う祖母同じ所で転び笑われる
堀　雅輝（18歳）宮崎県

ドラマ見て憧れてきた看護師に学んでわかる理想現実
本田莉朋（19歳）宮崎県

今日もふむ見えないペダル七人の子ども育てた足踏みミシン
舞草　綾（44歳）宮崎県

裁縫も漢字も歌も色褪せる祖母に残ったきんぴらごぼう
増田　萌（20歳）宮崎県

受験前支えてくれてありがとう次は私に支えさせてね
松尾あみ（18歳）宮崎県

夜ごはん今日もかぶる母と祖母似てくるんだねやっぱり家族
松田朋子（19歳）宮崎県

おばあちゃんこんなに寂しいものなのねとても静かな一人の食事
松葉ゆうか（18歳）宮崎県

笑顔見るこの職選び良きかなと童謡響く楽しい日々に
松原美裕（19歳）宮崎県

田舎者自慢の夜空見上げてた電柱ぶつかりばかにするなよ
松元久美子（18歳）宮崎県

ばぁちゃん家《ち》泊まり行くたびいつもある一度教えた私の好物　三城真由（19歳）宮崎県

昔ならできていたのにうちの父いまに無理をしあわや大けが　満田　匠（19歳）宮崎県

亡き祖父の食事の手伝いきざみ食思い出すのは穏やかな顔　宮永美春（18歳）宮崎県

孫来たら笑顔あふれる祖父母家好み分からず甘口カレー　三好　希（41歳）宮崎県

ぼくのこと覚えていない冗談とわかったときのこころうれしき　籾木隼彦（51歳）宮崎県

帰りたいあなたの気持ち叶えたいそれも私の願いの一つ　籾木優里（20歳）宮崎県

その目には何が見えてる？見てみたい透明の目でこの風景を　森岡慶光（19歳）宮崎県

誕生日メールをくれたおじいちゃん誤字に文字化け愛おしさ増す　森園梨央（19歳）宮崎県

かわいいなヒール見つけて思うけどあなたの背より高いのやだな　盛谷妃那（19歳）宮崎県

認知症明日あう時忘れてるでも声かけるまた明日ねと　森本彩乃（18歳）宮崎県

ありがとうあなたの孫でいれたこと忘れはしない思い出の日々　森山奈央子（19歳）宮崎県

いつまでも祖父の笑顔が見たいから今日も明日も右手をにぎる　八木菜月（19歳）宮崎県

バス停でいつも会うのに話せないあなたはいつもどこを見てるの　柳生麻衣（18歳）宮崎県

ショーケースならぶケーキを我慢して今日も笑顔で「いらっしゃいませ」　八児理奈（19歳）宮崎県

亡き祖父の最後の笑顔忘れないたくさん学んだ生きる知恵
柳田樹人（21歳）宮崎県

一つでも多くの命救いたいその信念を胸にいだいて
柳詰美幸（19歳）宮崎県

伝わらず言葉につまる利用者の想い受け止め寄り添う介護
矢野誉也（37歳）宮崎県

聞こえないその知人見て考えた学ぼうと思った手話の世界
山内美佑（19歳）宮崎県

帰省して傍にはりつく妹にどうかしたかと嬉しさかくす
山口恭佳（19歳）宮崎県

看護師の母の背を見て志し命助ける同じ現場で
山下千穂（19歳）宮崎県

ばあちゃんの作る手作りハンバーグずっと変わらぬ大好物
山下日向（18歳）宮崎県

年齢とともに増してくしわの数徐々に狭まる行動範囲
山田隆太（19歳）宮崎県

認知症身近な所にひそんでる回想法で認知症ケア
山ノ内勇人（29歳）宮崎県

たばこ好き禁煙めざす父だけど苦戦している姿いとほし
山本瑞稀（19歳）宮崎県

最近の祖父母はスマホ持ちはじめけれど使えず教える私
吉ノ薗美侑（19歳）宮崎県

真っ直ぐにあなたを見つめ想いは募るずっとあなたを応援しています
渡辺亜美（19歳）宮崎県

久しぶり故郷に帰り通学路昔と違う自分と景色
渡邊詩織（19歳）宮崎県

祖母の家恒例である着付けしに昨年の浴衣は着崩れができ
渡部令奈（19歳）宮崎県

応募作品に寄せて

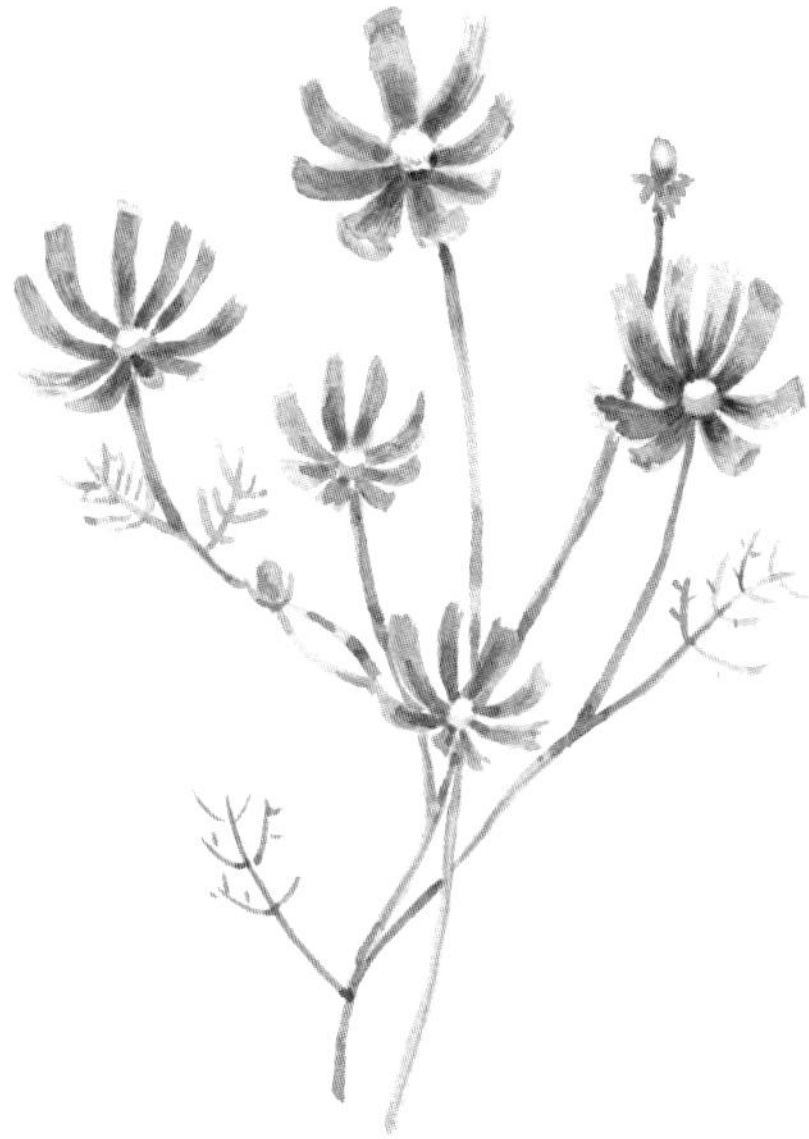

伊藤　一彦

今年も全国の、そして海外からも、数多くの短歌が寄せられた。要介護・要支援の高齢者、その家族、施設の職員、ボランティアの人びとや学生・生徒たちの作品である。全員の作品を収めたこの『老いて歌おう』に目を通していただくと、それぞれの作品に深い思いが込められていることに感動されるにちがいない。特に高齢者の短歌には、一首の背後に分厚い人生の重みを感じられると思う。初めの宮崎県大会から二十二年、全国大会になってから十七年のこの大会、作品を応募されてきた皆さんの熱意が大会を持続させ、発展させてきた。各種の短歌大会が全国で開かれているが、高齢者、その家族、施設職員の作品を中心とする本大会は、全国唯一の大会である。

すばらしい作品が今年も集まった。今年の大きな特色と言えば、「要介護・要支援高齢者の部」も「介護者の部」も入賞作品に男性が多かったことである。これまでは入賞作品は女性の方が数の上ではるかに男性に優っていたが、今年はそうではなかった。男性が女性に負けず劣らず自らの老いを歌い、親や配偶者の介護を歌っている。

まず、「要介護・要支援高齢者の部」入賞作品にふれたい。

百歳の母とふたりで車椅子なさけないのか幸せなのか

村方シヅ子（84歳　宮崎県）

最優秀賞の作品である。百歳の母を介護している歌と思った。老々介護というと夫婦の場合を考える人が多いかもしれないが、この歌のように親はもちろん子どもも高齢者という老々介護も少なくないのである。「ふたりで車椅子」の表現が端的に二人の生活の様を語っている。そして、心に残るのが下の句の「なさけないのか幸せなのか」という作者の切実な自問自答である。介護しなければならない自分の身体状況を、子として「なさけない」と思いつつ、一方で高齢の母と二人して暮らせていることを、ありがたく「幸福」なことだと考えている。

先ほど、今年は男性の入賞者が多いと書いた。男性の優秀賞の歌を引く。

妻は呆けいやとは言えぬ丸投げの家事や買物今は生き甲斐

原岡　利徳（93歳　宮崎県）

病妻に「エリーゼのために」を聞かせたく八十五にしてピアノを習う

尾堂　昭雄（87歳　熊本県）

丸三年「ベッド」に伏せる吾が妻に添ひて寝たしと思ふことあり
平澤　英一（95歳　新潟県）

いずれも自分自身が高齢でありつつ、妻を介護している内容の歌である。そして、どの作者も妻に対する深く強い愛情を抱き、そしてその思いを積極的に行動に移していることである。原岡さんは「家事や買物今は生き甲斐」と歌う。尾堂さんは病気の妻の心を癒すためピアノを練習していると言う。平澤さんは寝たきりの妻にそっと添い寝しているのではあるまいか。

父の日に贈られてきしネクタイのモダンな模様老いを許さず
齊藤　正（91歳　大分県）

デイ通ふ僕は十七回も手術した傷だらけだと笑つて今は
山崎　政信（88歳　福岡県）

施設にて自分が二人居る様な動きが鈍く別人の様な
樋本　晏宏《やすひろ》（79歳　長野県）

同じく男性の優秀賞の作品である。齊藤さんの歌からは、ネクタイのモダンさにやや苦笑いしつつも喜んでいる気持ちが伝わってくる。子どもたちの願いと祈りが感じられる。山崎さんの歌からは、たくさんの大変な手術を乗り越えてきた自信が伝わってくる。十七回という回数に驚き、今は「傷だらけだ」と笑う生き方に感銘する。樋本さんの歌は、老いた自分にとまどっている心のありようが率直に歌われていて印象に残る。「自分が二人居る」とは言い得て妙である。

続いて女性の優秀賞の作品を引く。

失敗をしても同じ日ゴキブリを殺す力は残っています

渡部サイ子（87歳　愛媛県）

あれも駄目これもするなは云わないで小さな役割老いの幸せ

脇本　鶴子（86歳　徳島県）

ホームにて笑いを込めて話すときいのちのことには互いに触れず

石田　進子（82歳　静岡県）

人生ってこんなものだと今朝思う生きるも死ぬもどちらも希望

五木田恵子（94歳　千葉県）

読者を明るい気持ちにさせてくれる作品である。ユーモアもある。「いのち」の根本を見つめ、「人生」について熟慮をかさねてきた人の深い智恵が感じられる。
「介護者の部」の入賞作品を引く。

男手におむつ替えおりわが母の目にはかすかに涙にじむも
杉田　一成（71歳　宮崎県）

息子が母親を介護している歌である。「男手に」の言い方には、おむつ替えに慣れていないおのが手の恥ずかしさがあるだろうか。母親の胸中は察するに余りある。作者はそれを「母の目にはかすかに涙にじむも」と見事に言い表した。

盲目の義母の食事を介助して口を開けろと指つねる妻
黒木　直行（75歳　宮崎県）

盲目の義母、妻、作者の愛情に満ちたつながりが、具体的な場面の表現を通じて伝わってくる作である。

だれんごつ母のくちぐせだれんごつベッドの母がだれんごつしな
武　ナミ子（77歳　宮崎県）

介護されている母が、娘に対し「いつもありがたいが、疲れないように」と案じている作である。「だれんごつ」の三度の繰り返しに、母と作者の気持ちが出ている。

マスクはめ具合悪そなおじいちゃん風邪かと問えば入れ歯なくされ

唐木　直子（53歳　静岡県）

施設で働いている職員さんの歌と思う。ある男性の高齢者が日頃はめていないマスクをしていたので、心配して風邪ですかと声をかけたのである。結句で思わず笑ってしまうが、高齢者の日常の暮らしの一コマをしっかりと表現した一首である。

「要介護・要支援高齢者の部」「介護者の部」ともに佳作の短歌は、入賞作品に優るとも劣らず優れていた。

この『老いて歌おう』の作品が、すみずまで読まれることを心から願っている。

伊藤一彦（いとうかずひこ）選者。昭和18年、宮崎市生まれ。歌人。読売文学賞、迢空賞などを受賞。「毎日歌壇」「産経歌壇」「宮日歌壇」「西日本歌壇」「熊日歌壇」の選者。「NHK全国短歌大会」選者。「心の花」選者。宮崎県立図書館名誉館長。宮崎県立看護大学名誉教授。近刊に歌集『土と人と星』のほか、『若山牧水――その親和力を読む』『百歳がうたう　百歳をうたう』『聴く力　話す力　書く力』がある。

「心豊かに歌う全国ふれあい短歌大会」事業

「心豊かに歌う全国ふれあい短歌大会」は、介護を受けながらも懸命にリハビリ等に励んでいる方々の生きがいづくりや社会参加のお役に立てればという趣旨のもとに、宮崎県の助成を受けて、平成十四年より毎年開催しています。

募集の対象は、介護や支援を受けている高齢者と、その方々を支える家族、施設職員、ボランティアの方、医療・介護を学んでいる学生の方です。

今年度は、全国四十七都道府県と、台湾、ブラジルから応募がありました。毎年この大会を楽しみにしているという数多くの声が届いております。

今後ともこの短歌大会が高齢者の皆様や、その方々を支えておられる皆様の励みとなりますよう、大会の充実を図るとともに、関係者の方々との連携を深めて参りたいと考えております。以下、この事業の概要と成果を報告して、関係の皆様へのお礼に代えさせていただきます。

社会福祉法人宮崎県社会福祉協議会

〔事業の概要〕

㈠　短歌作品の募集と選考

①募集対象者と応募状況

「要介護・要支援高齢者の部」「介護者の部」の二部門で平成三十年六月一日から七月三十一日まで募集。応募者数は、二一一九名（三五六九首）でありました。

内訳は二二〇ページの応募結果のとおりですが、最高齢者は百四歳、最年少は十五歳と世代を超え、幅広い応募がありました。

②選考及び入賞者

応募作品の選考には、宮崎市在住の歌人 伊藤一彦氏があたり、要介護・要支援高齢者の部で最優秀賞一名、優秀賞十名、佳作五十名、介護者の部で最優秀賞一名、優秀賞三名、佳作十名を選定しました。

㈡　短歌大会表彰式等の開催

平成三十年十二月八日午後一時から、メディキット県民文化センターで開催します。最優秀賞及び優秀賞の表彰と併せ、短歌トーク「老いて歌おう　そして元気に」を開催します。

㈢　歌集『老いて歌おう2018 全国版第17集』の作成

応募者全員の歌を一首ずつ掲載した短歌集を作成しました。

〔編集協力　シルバーケア短歌会「空の会」〕

堀越　照代／福原　美江／本田　皓子／松田　恭子／福田　道子

大草　時子／伊東　倫子／小寺　豊子／石原　美智子

平成30年度　心豊かに歌う全国ふれあい短歌大会応募結果

（単位：人、首）

No.	県　　名	応募者数（人）					作品数（首）				
		本人	家族	職員等	学生	計	本人	家族	職員等	学生	計
1	北海道	5	2	5	0	12	10	4	7	0	21
2	青森県	4	0	1	0	5	6	0	1	0	7
3	岩手県	2	1	1	0	4	4	2	2	0	8
4	宮城県	4	4	1	0	9	8	8	1	0	17
5	秋田県	47	3	3	0	53	63	5	5	0	73
6	山形県	6	0	53	0	59	11	0	69	0	80
7	福島県	19	0	1	0	20	34	0	2	0	36
8	茨城県	22	0	4	0	26	35	0	7	0	42
9	栃木県	12	1	1	0	14	21	2	2	0	25
10	群馬県	19	1	5	0	25	29	2	8	0	39
11	埼玉県	12	2	1	0	15	23	3	2	0	28
12	千葉県	55	2	4	0	61	97	4	6	0	107
13	東京都	31	2	7	0	40	58	3	11	0	72
14	神奈川県	18	1	7	0	26	32	2	12	0	46
15	新潟県	5	0	0	0	5	9	0	0	0	9
16	富山県	6	1	1	0	8	10	2	2	0	14
17	石川県	5	0	0	0	5	10	0	0	0	10
18	福井県	2	0	0	0	2	4	0	0	0	4
19	山梨県	9	0	0	0	9	15	0	0	0	15
20	長野県	24	4	6	0	34	46	7	12	0	65
21	岐阜県	14	6	5	0	25	22	12	8	0	42
22	静岡県	12	0	2	0	14	19	0	2	0	21
23	愛知県	16	2	4	8	30	27	4	5	16	52
24	三重県	9	1	1	0	11	17	2	2	0	21
25	滋賀県	14	1	3	0	18	21	1	3	0	25
26	京都府	11	2	8	0	21	21	4	14	0	39
27	大阪府	22	2	5	0	29	39	3	9	0	51
28	兵庫県	32	2	3	0	37	56	4	6	0	66
29	奈良県	6	0	0	0	6	12	0	0	0	12
30	和歌山県	19	2	3	0	24	35	4	5	0	44
31	鳥取県	3	0	1	0	4	6	0	2	0	8
32	島根県	13	0	1	0	14	25	0	2	0	27
33	岡山県	9	0	0	20	29	18	0	0	40	58
34	広島県	18	2	0	0	20	35	4	0	0	39
35	山口県	18	0	0	0	18	33	0	0	0	33
36	徳島県	11	0	4	0	15	19	0	7	0	26
37	香川県	7	3	0	0	10	14	4	0	0	18
38	愛媛県	7	1	54	0	62	13	2	67	0	82
39	高知県	3	2	3	0	8	4	3	5	0	12
40	福岡県	91	10	6	0	107	163	20	9	0	192
41	佐賀県	11	2	1	0	14	20	4	1	0	25
42	長崎県	22	3	7	0	32	36	5	14	0	55
43	熊本県	76	6	28	0	110	120	11	45	0	176
44	大分県	50	3	3	76	132	81	6	6	83	176
45	鹿児島県	21	2	3	0	26	39	3	4	0	46
46	沖縄県	7	1	0	0	8	13	2	0	0	15
47	宮崎県	456	85	67	246	854	748	159	106	459	1,472
48	台湾	6	1	0	0	7	12	2	0	0	14
49	ブラジル	1	1	0	0	2	2	2	0	0	4
合計		1,292	164	313	350	2,119	2,195	305	471	598	3,569

平成30年度

	応募者数（名）	作品数（首）
本人	1,292	2,195
家族	164	305
職員等	313	471
学生	350	598
合計	2,119	3,569

年代別応募者

年台	応募者数	年台	応募者数
100歳台	18	50歳台	93
90歳台	442	40歳台	72
80歳台	664	30歳台	77
70歳台	249	20歳台	74
60歳台	137	10歳台	293
合計			2,119

山河利彰……48
山川康子……87
山口カズエ……144
山口恭佳……210
山口咲良……186
山口節子……107
山口為雄……94
山口テル……95
山口トシ子……124
山口博史……133
山口まさ子……64
山口操……52
山口ミツ……86
山口洋子……85
山﨑逸子……66
山崎キヌ子……184
山﨑恵子……169
山﨑千尋……177
山﨑政信…18、54、214
山﨑光保……85
山﨑巳代子……106
山﨑百合子……48
山﨑レイ子……124
山下キミエ……75
山下キミエ……89
山下シゲ……89
山下静子……110
山下末子……175
山下千穂……210
山下日向……210
山下裕美……170
山下憂璃……184
山下玲子……145
山科徳久……166
山田えみ……74
山田絹代……133
山田清正……42
山田哲也……166
山田訓子……60
山田光枝……134
山田隆太……210
山中美代子……89
山ノ内勇人……210
山室通恵……72
山元次信…26、79
山本恵美……177
山本幾久代……50
山本偲……78
山本惇……87
山本久雄……64
山本博三……128
山本正明……170
山本正士……145
山本まつ枝……124
山本瑞稀……210
山本実夢……187
山本佳子……150

ゆ

雪井早苗……40
行友富雄……107

よ

横尾直樹……150
横田節子……40
横田田鶴子……65
横塚益美……82
横手澄子……119
横前寛子……149
横山歩睦……193
横山きり……124
横山トミ……110
横山ナルエ……145
横山ヒサヲ……60
横山良子……145
横山令子……68
好井澄子……175
吉井信雄……145
吉井りと……36
吉岡俊洋……162
吉岡信久……159
吉川信子…26、60
吉川美波海……193
吉田絵璃子……186
吉田一男……112
吉田數雄……36
吉田キクノ……41
吉田シズ子……124
吉田順子……152
吉田たまき……179
吉田富保……172
吉田知永……90
吉田ゆかり……179
吉田有里……169
吉田頼巳……90
吉永榮子……116
吉永トモエ……159
吉浪ケサヨ……90
吉成穆……71
吉野君美……99
吉野泰弘……124
芳野節子……79
吉ノ薗美侑……210
吉羽一成……169
吉原靖……68
吉藤琴未……187
好村成子……37
吉村拓……187
吉村毅……50
吉村ミヨ子……68
吉持清子……38
吉本尊信……176
米川恵美子……108
米川京子……40
米倉ます子……37
米倉ミワ子……125
米澤ハツ子……56
米田智惠子……37
米山貴紗子……71
米山律子……105
輿野順子……169

り

劉傳恵……90

わ

若狭千代子……41
脇田曄子……56
脇村フミ……60
脇本鶴子…17、65、215
鷲尾啓子……116
和田京子……162
和田拓也……184
和田千年……159
和田弘子……60
渡辺亜美……210
渡邉ウタ子……90
渡邊英輔……60
渡邊悦子……125
渡辺くに……133
渡辺国宜……55
渡邊詩織……210
渡邊静江……100
渡邊スイ子……135
渡邊信子……33
渡辺春江…20、34
渡辺久子……48
渡辺ひろ……68
渡邉廣男……115
渡辺弘子……114
渡辺福夫……117
渡部令奈……210
渡部綾……166
渡部サイ子…17、38、215

松元久美子……208
松本啓吾……192
松本輝生………33
松本淑子……119
松本春子……135
松本英子………34
松本廣子………86
松本誠……170
松本雄剛………47
的場茂………51
馬原俊夫……178
丸井友子…30、151
丸山純子……134
丸山多聞……169
丸山千春……178
丸山哲也……169

み

三浦定子………53
三浦大吾……178
三浦チヨ……112
三浦時枝……144
三浦はるみ……178
三浦征勝……168
三ヶ尻恭子……159
三角こま……104
三嶋洋子……159
三城真由……209
水小瀬冨美恵……114
水原富子…23、73
三角幸……129
溝上カズ…25、47
溝口照美……183
溝邊昂…25、60
溝脇たき………99
三田行……144
三田宏美……167
御手洗とも子……168
三ッ川昌信……128
観月ひかり……153
満田匠……209
三橋明子……171
光行正成……183
皆川恵一………63
水口一夫……170
南祐介……167
峰一……137
峰松易恵子………74
蓑田竜希……192
三橋美智也………52
美原道輝………78
三村暁子……168
宮奥幸子………73
宮垣和恵……106
宮川勝……134
宮越辰夫……110
宮越典子……124
宮崎アサミ………89
宮﨑キヨ子……159
宮﨑大輔……175
宮澤久夫………33
宮下トミ子……144
宮下ノシ……140
宮田和美……178
宮田治子…26、47
宮田ヒデ子……159
宮田美香……184
宮田安子……144
宮永美春……209
宮成幸子…24、41
宮原一則……144
宮原共加……192
宮原弘……144
宮本君子……116
宮本久江……151
宮本博子……152
宮良秀………42
明星朱美……175
三好和美……175
三好毅……175
三好希……209
三好礼子………74

む

向井杏奈……187
武藤恵子……166
武藤竜冴……192
宗像茜……193
宗田美佐子………38
村里奈……166
村井竜己……193
村井美紀子………98
村岡政子………60
村方シヅ子…14、47、213
村上悦子……139
村上エミ子……138
村上恭子………40
村上さかゑ………36
村上詩織……168
村上千代美……136
村上花枝………99
村上宙輝……175
村上洋子……138
村瀬歩美……166
村田美佐子………32
村田元秀………64
村橋ミキ………78
室岡敏子………71
室屋幸子………78

め

目黒アヤ子………70
目黒タニ……112
目黒輝雄……132
目黒ハル……132

も

茂木壽子………92
茂木美代子………83
綟川ミツヱ……124
本市日出子……144
本川綾子……132
元田ハツエ……138
籾木隼彦……209
籾木優里……209
籾田尚美……184
百地初子………37
森岡靖子………72
森岡慶光……209
守口茉由子……193
森賢一……170
森すづ………35
森智美……176
森ふぢ……144
森嶋敬子………35
森園梨央……209
森髙正子……175
盛谷妃那……209
森田緑……115
森田洋子……108
森本彩乃……209
森本和子………87
森本クニ………78
守屋富美子………89
森山奈央子……209
森山益代………52
森山美保子………85
森脇一枝……100
諸井忠雄………50

や

八木歌子………51
八木和夫………89
八木菜月……209
八木秀子……152
八木礼……166
柳生成康……124
栁生麻衣……209
薬師初子………72
安井敦子……148
八児理奈……209
八石世津子……138
柳澤陽子……167
柳田アイ子………68
柳田清治………47
柳田健一………47
柳田サヤ子……144
柳田樹人……210
栁田敏子……159
柳田ミヨ子………47
柳橋保………92
柳原泉……175
柳元妙子……140
柳瀬規佐子………37
柳詰美幸……210
矢野朝子……101
矢野佐恵子………86
矢野茂治………32
矢野誉也……210
矢野百華……193
矢羽田吹子……120
藪田鈴子………87
山居寛佳……136
山上照子………68
山内シズ子……110
山内美保……175
山内美佑……210
山岡ツル子……110

平野 玲子………63
平原 直子……183
比良元 トミ子……124
平山 祐里菜……207
平渡 トク……113
廣岩 萌花……192
廣岡 秀子………83
廣岡 みゆき………64
廣島 キヨ子……101
広瀬 笑子……128
広瀬 智哉……192
広瀬 洋一……114
広瀬 好美………40
広瀬 令子……133
廣瀬 隆………34
廣瀬 菜々美……192
廣瀬 要子……170

ふ

深藏 孝子……179
福井 カツ子………89
福井 里惠……136
福井 広貴……171
福岡 努………59
福澤 サヱ…25、67
福澤 政子………93
福士 敬太……207
福重 亮太……207
福島 信子………55
福田 悦子………59
福田 圭子………47
福田 長蔵………32
福田 伸人……118
福田 憲士……175
福田 フクミ………89
福田 ミツ子……138
福田 ヨシノ……116
福永 惠美……152
福永 ハナ……135
福永 八千代……137
福原 ヒサ子……139
福原 美江……183
福元 楓絵……207
福元 沙織……183
福元 美智子………89
藤 幸子………78
藤 美緒子………66
藤井 葵……208
藤井 栄一……178
藤井 玲子……120
藤岡 陽……208
藤川 一喜………74
藤川 フミ子………35
藤川 ユキエ……117
藤木 善勝………51
藤崎 潤子……171
藤田 悦子……171
藤滝 友理……168
藤田 咲絵……175
藤田 由美……175
藤田 レイ……118
藤永 忠子………85
藤野 晴子……150
藤野 美津子………35
藤林 正則……148
藤原 百合子………85
伏見 弥生………67
藤村 キミ子……136
藤本 喜美江…23、73
藤本 スミ子……139
藤本 由紀子……183
藤本 喜江……100
藤森 芳子……128
藤山 睦子……104
藤原 亜悠……168
藤原 和子………59
藤原 巧………62
藤原 トモヱ………53
藤原 菜緒……192
藤原 秀子……117
布施 タマ子……112
淵脇 真尋……208
渕脇 安雄………78
船木 悦子………50
船水 ミサ子………82
古川 俊子……158
古川 幸子………83
古澤 恵一……143
古澤 将人……192
古澤 操……124
古庄 イツノ………67
古荘 喜佐子……119
古荘 シズエ……138
古道 イツエ……143
分林 美惠子………36

ほ

保木 ふさ………35
外間 ちひろ……208
星先 寿弘……178
星野 静人……152
細江 隆一……169
細田 由美子……124
穂園 照子……143
堀 喜美子………99
堀 雅輝……208
堀 裕子……178
堀内 蒼馬……208
掘川 和子………47
堀口 節子………59
堀越 照代……158
堀之内 英士………59
堀之内 直美……183
堀本 正起……116
本庄 マキ……166
本多 茂雄………59
本田 美代子……132
本田 莉朋……208

ま

舞草 綾……208
前川 辰子……138
前川 松子………98
前口 美津子……144
前田 かず子…22、53
前田 キエ……100
前田 三郎……101
前田 常男……144
前田 則雄………68
槇 きみ……134
真喜志 千穂子……183
牧野 多津子……158
槇野 はるか……171
政野 ツヤ子……144
眞嶋 昭憲……148
増岡 伸禧……139
増田 恵美子………47
益田 喜美子……107
増田 盛治……151
増田 恒市………63
増田 壽夫……148
増田 萌……20
町田 典子……1
松 重士………6
松 博子………6
松井 準子……15
松井 ノブ子………7
松井 ハルエ………4
松井 久雄……17
松浦 郁………4
松浦 勝也……12
松浦 清子………4
松浦 スマ子……13
松浦 英樹……16
松浦 ミツ子………78
松浦 米子……144
松尾 あみ……208
松尾 郁子……166
松岡 和子………33
松岡 静子………41
松岡 フミエ………65
松岡 亮介……178
松川 真代……120
松木 豊子…23、73
真次 タマエ………74
松熊 フジ子…23、54
松隈 安子………74
松坂 義秀………62
松﨑 静子…23、39
松崎 寿美………86
松澤 良子………50
松下 加惠子………37
松下 トミヨ………55
松田 忠士………78
松田 ツヤ……139
松田 朋子……208
松田 復身………47
松田 勇子………84
松田 容典…30、150
松永 アツ子……119
松永 千穂子……152
松永 洋子………89
松野 テル子…25、89
松林 敦子………75
松葉 ゆうか…30、208
松原 美裕……208
松村 節子……166
松本 絹江………59

西出照子……105
西野フヂ……54
西原夏希……192
西原ナルミ……67
西部千恵子……137
西村アサ……58
西村綾子……53
西村多恵子……46
西村務……46
西村久……101
西村裕幸……206
西山阿起ゑ……99
西山静江……93
西山智晴……206
西山満智子……182
新田安里……206
新田魁士……46
新田誠子……178
二宮桜……206
庭本敬子……134

ぬ

温井泰子……149
温水美由希……182
沼沢諭磨……148
沼田陽子……55

ね

根井晴子……143
根比修……183
根来ハナ子……36
根来秀雄……36
根橋浩美……168
根間あすか……206
根本芳一……149

の

野口照子……74
野口妃菜乃……206
野﨑壽江……143
野﨑好正……53
野沢レイ……62
臨正子……170
野田絹子……58
野田汐音……192
野中泰佑……176
野邉純子……67
野邊善昭……58
野間文男……59
野間口敬……139
野見山洋子……86
野村華子……187
野村洋貴……206
野村ミサエ……55
野村洋子……74

は

萩原伊都子……123
橋口勇……59
橋口華奈……206
橋口耕一……78
橋口幸子……46
橋口妙子……114
橋口勝……55
橋口美咲……206
橋倉征子……59
橋倉ミヨ子……143
橋迫かこ……206
橋村直子……51
橋本儀一……116
橋本多津子……106
橋本尚子……150
橋本舞弥……174
長谷川歌子……63
長谷川勝弘……167
長谷川チヨ子……83
長谷川まつ子……70
長谷川美岐惠……99
長谷川美佐子……165
長谷川みつ子……21、105
畠山静子……92
畠山トク子……82
畠山房子……112
畑山理枝……165
畠中悠翔……192
鉢本都美……37
服部節子……51
服部ヨシヱ……123
花田敦子……171
花畑シノブ……78
花畑貴士……158
花本正昭……106
羽生田貴美子……84
馬場翼……51
濱口政人……206
濱﨑優香……206
浜田強司……123
濱田数代……158
濱田智佐子……46
濱田勝……143
濱田真由子……170
濱田祐介……158
濱田ユキ子……123
濱野ケイ……35
濱元知美……183
早坂克也……34
林アキ……21、51
林カチエ……46
林カツ子……104
林喜美子……123
林京子……46
林武治……36
林文子……99
林マサエ……78
林田サツキ……123
林田順子……137
林田徳栄……89
林田真慧……206
早瀬風香……206
早田弘子……150
原淳子……178
原トシ子……123
原瑞希……187
原嘉道……123
原岡利徳……19、59、213
原口五月……119
原澤愛子……133
原澤龍之介……207
原田惠……117
原野日菜多……207
半田圭子……29、162
板東チエ子……82

ひ

日置香乃江……169
日置百合子……78
桧垣怜司……207
東多賀美……150
東井上千鶴子……143
東川内克夫……123
東田侑大……207
東畠静代……59
樋口亜美……207
日隈トヨミ……107
久継尊子……38
飛田彩香……192
飛田サチ子……138
樋高禮子……51
日高郁代……123
日髙イツ子……78
日髙キシヱ……59
日高鋭……183
日高鈴哉……207
日高チヨ……89
日髙照子……46
日髙友介……46
日髙裕文……158
日高正昭……119
日高康晴……183
日高淑子……59
日髙龍斗……207
日髙礼奈……207
人見毅……82
日並サチ子……109
日並毅……143
日野せい子……123
日野フサ子……143
日比野洋子……150
姫野延子……143
樋本晏宏……16、52、214
日向律子……46
平井さなえ……52
平石裕也……207
平河幸代……183
平澤英一……15、92、214
平澤郷……207
平田エミ子……124
平田カツ子……158
平田せつ子……143
平田奈穂……187
平田ノリ……120
平田真文……183
平田優子……158
平塚弘子……105
平野秋夫……52
平野華鈴……192
平野節子……167
平野幸恵……124

築山 美佐子…… 138
津田 チヱ子……… 74
津田 初枝……… 73
土田 須磨子…… 137
土田 須美…… 113
槌野 正行……… 55
土橋 マツエ……… 87
土持 忠也……… 45
土屋 清美……… 83
土屋 多喜子…… 179
土屋 百合……… 51
續木 恵子…… 174
続木 洋美…… 174
堤 亜季子…… 203
常増 彰男……… 45
津野 加奈江…… 174
角田 キクノ……… 45
津村 芳子……… 58
鶴橋 史也…… 191

て

手嶋 チヨ…… 117
寺尾 みどり…… 174
寺岡 スミ子…… 128
寺嶋 順子……… 45
寺西 昭子……… 37
寺町 恵美子…… 104
寺本 拓馬…… 204
寺山 八重子……… 88
照沼 とく子……… 77
天神 修…… 157
傳田 滋久…… 168

と

土井 絢乃…… 204
土居 千代……… 88
堂薗 九洲男……… 45
時任 勝正…… 157
時任 伸雄……… 45
土岐 嘉子…… 165
徳田 純子…… 152
戸口田 マサ子……… 45
徳永 純一……… 77
徳丸 菜々美…… 191
利光 喜代子……… 41
戸田 文江… 22、36
戸田 龍二…… 157
戸高 那奈美…… 191
戸高 由貴…… 204
飛松 裕子……… 39
戸部 恵美子……… 45
冨高 キクエ…… 142
富高 璃奈…… 204
冨永 クニ子……… 45
富山 柚奈…… 204
友松 美結…… 204
友寄 順子…… 108
豊岡 結凪…… 204
豊崎 きみ子……… 62
鳥越 泰夫……… 67
鳥原 亜美…… 204
鳥原 健一郎…… 182

な

娜 莎…… 186
内藤 さおり…… 182
仲 祐紀…… 205
中井 勇…… 105
永井 シノブ…… 123
永江 未夢…… 191
中尾 知恵子……… 75
長尾 啓史……… 52
長尾 健太…… 204
長尾 春海…… 100
中川 園子…… 168
中川 美智子……… 65
長草 津矢子……… 34
中島 一輝…… 191
中島 櫻子…… 204
中島 はや…… 136
中島 裕大…… 204
中島 好香……… 41
中瀬 光代…… 157
中瀬 康恵…… 143
中田 毅…… 149
永田 浩平…… 204
永田 タヱ子…… 157
永田 八恵子…… 158
永田 洋子…… 118
永田 莉帆…… 204
長田 勝義……… 54
長田 虎太郎…… 187
中武 樹里…… 204
中谷 一枝…… 171
長谷 タツエ……… 94
長友 郁代…… 205
長友 クニエ…… 129
長友 シヅヱ……… 77
長友 節子…… 123
中西 弘子……… 92
中根 君子……… 55
中野 潤子……… 88
永野 海…… 205
永野 省三……… 74
永野 久男…… 134
長野 飛鳥…… 205
長野 清己… 22、72
長野 達子……… 86
長野 良亮…… 205
長浜 紀子……… 64
中原 惠子…… 182
中原 チヅ子……… 89
中原 光子……… 77
中平 拓実…… 205
中堀 三代吉……… 39
中間 綾子……… 46
中摩 けい子…… 167
仲間 太星…… 205
長町 カメ子……… 54
長嶺 實……… 77
中牟田 美智子……… 54
中村 暁代…… 148
中村 キヨ…… 134
中村 昭八…… 114
中村 誓有……… 39
中村 節…… 169
中村 千恵美…… 148
中村 常信……… 58
中村 斗偉…… 205
中村 トシ子…… 129
中村 トシミ……… 75
中村 久枝…… 114
中村 博……… 46
中村 愛望…… 205
中村 美重子… 22、38
中村 美千代……… 58
中村 美保子…… 178
中村 雄貴…… 205
中村 有紀子…… 169
中村 葉子…… 158
中村 美江…… 149
中村 律子………
中本 節惠………
中本 昌子… 30、1
長山 紅子…… 1
中山 忠義………
仲山 大海…… 20
中山 泰子…… 15
中家 稔………
永良 キヨノ…… 12
奈須 千明…… 11
那須 チヒロ…… 10
那須 友輔……… 5
那須 優希…… 20
夏井 範治……… 9
夏井 廣…… 10
夏田 則子……… 4
夏目 ヒサ子……… 6
名直 利彦……… 5
鍋倉 幸子……… 6
鍋倉 文子…… 143
楢木 クサ子……… 77
奈良﨑 スミエ……… 65
楢﨑 タツヱ…… 107
楢原 タツ子……… 41
成島 和子……… 92
成島 玉枝…… 114
成島 忠一……… 32
馴松 美津子…… 158
名和 純朗…… 158
南部 衣吹…… 187
南里 あかり…… 182

に

新居 孝郎…… 128
新名 有紗…… 205
新納 碧…… 205
西 典子……… 71
西 ミツオ……… 58
西内 薫…… 106
西ケ野 九平…… 109
西川 千春…… 174
西川 規雄……… 51
西澤 槙彦…… 169
西園 安雄……… 46
西田 和子…… 107
西田 トシヨ……… 74
西田 豊穰…… 108

[?]田　友希乃……201

た

泰山　永　宜……174
泰地　朝　子……106
平　　キミエ………87
平良　咲　奈……202
平良　千　尋……202
髙井　ヱミ子……122
髙井　キシ惠……113
高井　弘　子……174
髙岡　　　勉……149
高岡　むつ子……104
高木　郁　子………88
高木　絹　枝……122
髙木　　　花……202
高木　陽　菜……202
高木　萌　絵……202
高木　ゆ　き……114
髙倉　恵美子………87
高倉　隆　一………41
高桑　久　子………98
高桑　雅　一……148
髙﨑　一　生………87
高崎　正　行……181
高品　清　子………85
髙嶋　ミサコ……117
田和　一　吉……109
田方　マサエ……142
高瀬　眞　實………41
髙田　　　碧……202
高田　トミ子………77
高谷　圭　三………86
髙田　麻　帆……187
高津　　　壽…23、54
高辻　恵　子……179
髙野　新　英……104
高野　脩　貴……187
髙野　芳　昭……107
髙橋　綾　音……202
高橋　絹　子………70
髙橋　　　賢……174
高橋　貞　雄………70
高橋　さやか……162
髙橋　妙　子………83
髙橋　哲　也……181
高橋　輝　子………33
髙橋　知　也……174
髙橋　秀　子………77
高橋　美砂子……107
髙橋　美智代……174
髙畠　節　子……171
高藤　満　代……181
髙松　可　純……202
高松　美　恵……142
髙見　美代子………35
高本　智　宏……148
高山　長　子……117
高山　玲　奈……202
瀧石　ミヨ子………65
瀧口　早　苗………36
滝沢　勝　枝………98
滝下　嘉　樹……202
瀧田　か　く……134
田北　孝　子………66
瀧元　ミヨ子………58
滝本　　　語……157
瀧本　由　佳……174
田口　稔　子………32
田口　榮　子……138
田口　玲　子……179
武　　ナミ子…29、157、216
竹井　静　子………67
竹井　ヤスミ………45
竹居　正　穂……105
武石　き　よ……133
竹内　く　み……142
竹内　直　美……174
竹内　陽　菜……202
竹川　千　里………40
竹下　紀　子……202
竹下　ハツミ……122
竹下　由紀子……122
竹田　友　子……182
武田　功　也……135
武田　　　潔……132
武田　志　ん………98
武田　富　夫………85
武田　ユ　キ……132
竹中　泰　三……106
竹中　菜　緒……191
竹中　ヨシ子………45
竹林　清　子……142
竹林　博　美……187
竹松　博　美……182
田坂　洋　子………65
田﨑　カズエ………86
田﨑　喜代子……116
田嶋　キエ子………40
田尻　南　華……202
田代　和　鈴……202
田代　タミ子……142
田代　久　子……101
多田　悦　子………52
多田野　順　子……157
楯　　ルミ子………45
立見　恵　子………35
立石　洋　子……171
立神　アヤ子………87
田中　キヨ子……122
田中　啓　子……157
田中　耕　治………35
田中　星　奈……203
田中　　　節………77
田中　タエ子………99
田中　高　穂………88
田中　尊　也……203
田中　忠　則……167
田中　多智子………36
田中　タヅ子……142
田中　ツヤコ……105
田中　登　美……157
田中　豊　子……157
田中　ハツ子……109
田中　治　美……149
田中　弘　子…29、170
田中　　　典……122
田中　文　子………85
田中　雅　子………37
田中　正　子………93
田中　昌　与……149
田中　瑞　李……203
田中　美智子……142
田中　巳智代……107
田中　　　緑……165
田中　美　帆……191
田中　律　子………93
田中　璃　奈……191
田中　良　子……132
田中　留　菜……203
田辺　歳　子……115
田部　初　子………75
谷　　萌々香……203
谷　　泰　徳……168
谷口　くるみ……203
谷口　貞　子……151
谷口　髙　枝………72
谷口　デイ子………40
谷口　俊　子………38
谷口　ひろの……203
谷口　良　平……182
谷本　隆　俊…21、115
谷山　碧　南……203
谷山　貴里奈……203
谷山　慧　子………37
種市　　　熙……165
田端　芳　子………83
田林　和　子……150
田原　公　彦……182
田原　　　菫……203
田平　慧　吾……203
玉井　ましろ……191
玉城　　　進………56
玉城　ミエ子………54
玉城　美　祐……203
田村　ツマ子………58
田村　将　基……187
爲末　富　江…22、99
丹田　恵美子……128

ち

主税　ひとみ……182
千坂　キ　ミ………88
千田　キ　ヨ………62
茶木　　　博……137
知屋城　　　潤……203
中馬　慎一郎……182
陳　　清　波……125
陳　　　　倩……186
陳荘　淑　貞………48

つ

東野　ユ　キ……142
塚原　静　雄………38
塚原　利　郎……112
築地　紀　子……157
築地　由　麻……182
築山　　　樂……138

笹田 富美子……85
笹野 健一……94
指田 康博……134
佐藤 あかね……190
佐藤 温子……164
佐藤 枝里子……164
佐藤 一実……165
佐藤 勝美……88
佐藤 公香……199
佐藤 惠子……128
佐藤 慧士……200
佐藤 幸太郎……178
佐藤 幸子……181
佐藤 純一……200
佐藤 正一……34
佐藤 千盡……156
佐藤 多以子……122
佐藤 親弘……82
佐藤 東洋子……92
佐藤 菜々花……200
佐藤 秀……128
佐藤 麻衣……199
佐藤 マサ子……70
佐藤 政俊……153
佐藤 守……156
佐藤 ミヱ……32
佐藤 美枝子……156
佐藤 ミツエ……88
佐藤 ミヤ……82
佐藤 めぐみ……151
佐藤 優……190
佐藤 優羽……190
佐藤 邑風……200
佐藤 祐海……190
佐藤 ヨシコ……75
佐藤 芳信……156
佐東 理紗……190
佐藤 里菜……165
佐藤 龍紀……200
佐藤 瑠南……200
佐藤 玲子……165
眞田 俊明……88
佐野 ひろみ……114
佐保 百香……191
澤 安子……44
澤 由香里……170
澤井 好明……63
澤田 八千代……93
猿渡 美根男……129
澤部 知奈津……200

し

椎 子龍……200
椎 ヨシコ……25、109
椎葉 絢美……200
塩月 亮五……200
塩屋 秀子……156
執行 計雄……74
軸丸 友恵……156
重谷 沢子……149
重久 悦子……179
七條 千賀子……58
篠崎 アキ子……83
篠崎 正雄……113
篠永 基教……173
篠原 和子……73
篠原 光紀……200
柴田 和子……82
柴田 圭太朗……200
柴田 鈴子……141
柴田 春夫……114
柴山 清香……176
柴山 瑞輝……191
地福 利江……179
渋谷 美紀……165
島崎 アサ子……50
嶋田 節子……119
島田 孝子……181
嶋田 ミユキ……39
島村 美津子……113
清水 キク……156
清水 恵介……156
清水 信一……52
清水 孝……21、51
清水 千代子……181
清水 亮真……200
志茂 夏海……187
下久保 涼子……181
下郡 芽依……191
下薗 絹子……94
下田 航……200
下原 治二……38
下別府 遥香……201
首藤 志保子……104
生源寺 治行……35
庄司 志保……20、32
白石 美奈子……142
白貝 瑛里奈……201
白木 一彦……94
白木 八重子……85
白幡 明美……165
城本 喬華……201
神恵 ミヨ……142
秦泉寺 美咲……173
新地 力……58
進藤 美和子……173
新藤 尚代……44
新藤 彌生……77
新屋敷 眞子……201
陣 真夏海……201
陣脇 成美……201

す

末武 千代加……75
末永 武郎……142
菅 いさゑ……117
菅 キミ子……122
菅野 吉男……112
菅原 江利子……165
菅原 榮……67
菅原 淳子……165
菅原 千代治……50
菅原 智美……165
杉浦 美江子……115
杉浦 玲子……151
杉木 浇子……22、72
杉下 信子……105
杉田 一成……27、156、216
杉田 樹子……25、67
杉田 蓬子……58
杉田 未悠……201
杉田 和子……181
杉村 澄子……44
杉本 正太郎……63
杉本 トモエ……45
杉本 久常……106
助田 まさ子……70
図師 正夫……142
圖師 サチ子……101
薄 昭子……107
鈴木 京子……40
鈴木 キヨミ……1
鈴木 幸雄……1
鈴木 シゲ……14
鈴木 静枝……12
鈴木 省吾……17
鈴木 千秋……13
鈴木 トシ子……9
鈴木 春子……8
鈴木 ハルヨ……10
鈴木 博美……12
鈴木 正行……4
鈴木 未来……20
鈴木 みち子……18
鈴木 美代子……82
鈴木 保代……135
鈴木 良子……122
鈴木 涼太……201
須田 彩……165
須藤 由美……162
砂子 和子……72
角 美恵子……151
隅 侑子……45
須見 留吉……113
角田 幸子……107
須本 仁史……157

せ

清 さやか……201
勢家 舞里……191
清野 恒子……70
清野 恵美……162
関口 保雄……92
関根 允子……105
関本 満義……181
瀬口 貴義……201
瀬口 椋子……201
瀬﨑 智美……201

そ

曽 昭烈……159
宗 暘子……119
荘子 隆……157
素麺 秀子……67
曽我部 恵子……173
則座 麻理子……174
園田 健人……191
園田 睦康……25、122

黒木 高幸…… 155
黒木 千枝子……… 94
黒木 ツタ子…… 141
黒木 哲…… 155
黒木 敏子……… 44
黒木 直行…28、155、216
黒木 ヒロ子…… 121
黒木 真依…… 198
黒木 真愛…… 198
黒木 幹子……… 57
黒木 美保…… 181
黒木 優一…… 155
黒木 善弘…… 155
黒木 伶奈…… 198
黒澤 ふみ…… 104
黒田 修平…… 198
黒田 直孝…… 198
黒田 チエ子…… 139
黒田 ミヨコ…… 141
黒沼 和也…… 164
黒野 睦子……… 33
黒羽 信子……… 32
黒肱 利昭…… 121
桑田 正志……… 65
鍬田 靖子…… 155
桑野 ツルエ…… 139
桑原 正子……… 55

け

毛涯 潤……… 63

こ

江 槐郁…… 145
黄 秀英……… 48
黄 培根……… 79
甲川 ハツエ……… 44
纐纈 とも江…… 115
小路 トシ子……… 67
江田 千代子…… 119
合田 昭子…… 173
合田 祐也…… 173
合田 利菜…… 173
高津 佐津子…… 176
上月 道子……… 84
髙妻 甲継…… 122
河野 雪子……… 38
神松 宏行…… 176
廣本 惠子……… 53
甲山 玲子……… 64
合谷 ヨシ子……… 44
郡 忠雄…… 136
郡山 洋子…… 181
興梠 恵子…… 155
興梠 清人……… 67
古賀 カヨ子……… 54
古賀 喜美子……… 86
古賀 須惠子…… 177
古閑 良一… 24、40
五木田 恵子… 15、50、215
國分 睦男…… 141
小佐井 浩彰…… 198
小坂 島子……… 38
小﨑 未季…… 198
小柴 末男……… 92
兒嶋 キクヨ……… 37
小島 成一朗…… 198
小島 宣子…… 136
小城 春子…… 122
小瀬 惣一郎…… 153
小薗 愛優美…… 198
五代 莉菜…… 198
児玉 勝子…… 100
児玉 サチ子…… 141
児玉 哲…… 198
児玉 榮雄…… 129
児玉 シヅ子… 24、109
児玉 将吾…… 198
兒玉 英人……… 57
児玉 マル子…… 141
兒玉 芳子……… 98
小寺 豊子…… 156
小寺 裕子…… 109
後藤 公子……… 71
後藤 久美子…… 169
後藤 太陽…… 190
後藤 信子…… 119
後藤 正子…… 150
後藤 美音…… 190
後藤 未来…… 190
後藤 允沙紀…… 198
後藤 結衣…… 190
後藤 裕子…… 199
古奈 ミツ子……… 77
古仲 リツ……… 70
小中原 千晶…… 199
小西 悦子…… 106
小沼 喜久江……… 98
小沼 隆浩…… 167
木本 圭子…… 168
小林 典子…… 150
小林 秀里…… 149
小林 善信……… 84
小原 民生…… 181
小堀 志ずゑ……… 71
小堀 隆治…… 167
駒沢 三男…… 135
小峯 絹代……… 44
小向 美子…… 173
小森 彩葉…… 199
金 享…… 164
今 ツエ……… 98
今 藤子…… 107
近藤 キミ……… 98
近藤 友穂…… 168
近藤 ふじ子…… 135
今野 亜里沙…… 164
金野 隼…… 164
金野 秋子……… 77
今野 政治……… 63

さ

西郷 祥志…… 177
財前 春子…… 119
細田 慶子…… 153
細田 汐織…… 199
斉藤 トシ子…… 141
齊藤 あかり…… 199
斎藤 文子……… 92
齋藤 榮子……… 50
齋藤 和…… 164
齋藤 潤…… 114
齋藤 祥子……… 98
齊藤 正… 19、75、214
齊藤 弥寿子…… 105
齋藤 由佳…… 164
佐伯 有立…… 115
佐伯 寛太…… 199
境 タカ子……… 40
酒井 笑莉…… 199
酒井 和子……… 88
酒井 清美……… 99
酒出 昇…… 115
酒井 照子……… 53
酒井 マサ子…… 135
境田 興昭…… 156
阪江 駒枝……… 57
阪江 哲彌……… 88
寒河江 里美…… 164
寒河江 好子…… 164
阪口 金子……… 64
坂口 まゆみ…… 156
坂下 辰志…… 122
坂田 真緒…… 199
坂田 政章…… 156
阪田 美和…… 178
酒見 遼河…… 199
坂村 昌子…… 151
坂元 一子……… 44
坂元 重勝……… 44
坂元 房子……… 77
坂元 竜斗…… 199
坂本 アヤノ…… 118
坂本 イクヨ…… 118
坂本 シキエ…… 109
坂本 シメヨ……… 72
坂本 タツ子…… 176
坂本 房子…… 109
坂本 素子…… 116
坂本 玲子…… 156
相良 厚子……… 39
作中 和子…… 118
櫻井 章……… 35
桜井 榮子……… 55
櫻井 和子……… 70
櫻井 ユウ子……… 32
佐郷 亜子…… 173
酒匂 トシ子……… 67
迫谷 花子…… 106
迫田 総美……… 57
佐々木 澄子…… 115
佐々木 ハツネ… 25、88
佐々木 英機…… 181
佐々木 泰和…… 199
佐々木 雅夫…… 104
佐々木 正子…… 137
佐々木 美月…… 199
佐々木 美代子……… 85
笹田 タミ子…… 118

加納 美智恵……169
鎌田 香織……196
鎌田 キヌ………32
鎌田 照子……112
鎌田 敏子………57
鎌田 ヨリ子……132
鎌矢 史子……186
上梅澤 セツ……134
上門 典子……180
上口 敏文………74
上久保 年治……121
上谷川 スミ子……154
上村 和敏……109
神谷 治………84
神谷 友子………63
神山 彩香……163
加村 安正……105
亀井 健……148
亀井 ツルエ……141
亀井 瑞希……189
鴨志田 寿美子……167
蒲原 幸子……152
唐木 直子…28、169、217
假屋 アツ子………66
苅谷 かなゑ……113
河合 小夜子……180
川井 三枝………99
川上 京子……116
川上 鈴子………43
川上 千秋……172
川上 照子………53
川上 美枝子………75
河上 久美子………84
河上 光明………75
川北 菊重……116
川北 普子………65
川越 キヨ子………76
川越 広大……196
川越 千恵子……154
川越 トクエ………57
川越 昌子………43
川崎 朝飛……196
川崎 德雄………34
川崎 久子………43
川崎 光男………55
川崎 律子……151
川下 正樹……107
川島 由紀子……176
川瀬 恒子………32
川添 源吉……154
河津 正子……139
河津 龍人……196
川邊 文子……180
川野 アツ子………57
川野 純加……189
川野 愛美……196
川野 華奈……189
川野 立子………88
川野 璃々瀬……197
河野 明美……196
河野 加代子……180
河野 幸一……121
河野 千鶴子……154
河野 千代子………44
河野 晴菜……189
河野 真奈……189
河野 萌佳……196
川端 敬子……155
河畑 みつ子……136
川原 星華……197
川平 真穂……197
川平 陽子……155
川邉 一子………57
川前 美紀……177
河村 奈巳……172
河村 美樹……173
川本 一子………64
菅家 フサ… 21、105
神田 金助……113
神田 猛雄……173
神田 七瀬……190
神場 一男……171
神林 竜平……164
元明 キヌエ………66

き

木内 かつゑ………92
菊谷 喜代子………94
菊地 スマ子……141
菊池 則子……100
岸上 利江……173
岸波 テル子………82
岸野 三枝……113
木島 雅……197
岸 蓉子……133
岸 亮史……173
岸本 尚樹……197
岸本 弘子……109
岸本 幸子………72
岸本 玲子………44
喜田 久美子……155
北川 和子………62
北川 和子………64
北川 美佐子………86
北島 文子………65
北野 敦敏… 22、72
北原 サチ子………76
北原 朋佳……197
北原 久江……134
北村 糸平……133
北村 春美……167
北村 正幸……170
北村 美里……162
木戸 正明……171
木下 淳……162
木下 孝子………54
木下 トシ子………85
木村 あやめ………64
木村 一代……138
木村 千壽……118
木村 ミツ子………40
木村 桃子………50
木村 友果……162
木村 和歌子………53
木本 三郎… 23、39
木藪 トシ子……139
木山 満………36
久島 昌志……121
京野 幸子……148
清田 キミ子………55
清田 政勝……177
清原 セヨ子………72
吉良 咲絵馨……190
切畑 ヨシ子………57
桐山 恵美………57

く

久貝 優芽……197
釘﨑 安子………57
草場 大蔵……197
串田 ちづ子……136
葛岡 昭男……14
楠木 ツギ子………6
楠原 玲子………7
工藤 明日菜……19
工藤 鑑奈……16
工藤 恵子……10
工藤 冨士男………93
工藤 美優……190
工藤 美幸……197
工藤 元枝……105
久保 千代… 24、42
久保 亮……197
久保田 恵美子……180
久保田 キヨ子……121
久保田 冨太郎………62
隈江 三代子………57
熊谷 いのゑ……114
熊谷 麗都……190
熊澤 登喜………33
熊田原 莉子……155
倉金 昭……104
倉重 力……177
倉嶋 敏子………75
倉島 トミ子………50
倉橋 知里……197
栗城 三枝子………32
栗澤 繁男……121
栗下 ありさ……197
栗栖 祥子……151
栗栖 サツエ……137
栗栖 スミヱ………38
栗田 茜… 29、164
栗場石 ヤエ子……141
栗林 和代……155
栗林 典子………66
栗原 喜久子………41
黒井 光穂……164
黒岩 雄大……197
黒木 文子……155
黒木 郁乃……197
黒木 栄進………44
黒木 脩……100
黒木 キヨ子………44
黒木 クニ子………44
黒木 冴華……198
黒木 さかゑ………76
黒木 里美……155

大塚 保……128
大塚 常代……94
大坪 国利……121
大寺 友一……83
大戸 美月……195
大西 愛子……72
大西 彰吾……172
大西 淑子……43
大貫 静江……133
大根田 満雄……98
大野 トシ子……73
大畑 シツエ……87
大場 チヱ子……117
大林 花……189
大場 康子……115
大平 果実……189
大平 ヨシノ……133
大保 文枝……24、140
大前 八重子……106
大前 亮次……113
大箕 穂乃香……186
大村 夏鈴……195
大村 敬子……53
大森 志津江……37
大森 トシ子……132
大矢 夏花……186
大山 勝榮……112
大山 琢磨……86
大山 千代子……129
大山 淑子……66
小笠原 千鶴子……106
緒方 利猛……66
岡田 豊……133
岡田 眞喜子……154
岡田 道雄……43
岡田 みよ子……36
岡田 价七……113
岡部 フユ子……137
岡部 三和江……38
岡元 主税……121
岡本 清……53
岡本 マサミ……23、93
岡本 優花……186
岡本 ヨシ子……116
岡山 節子……73
小川 進……66
小川 民子……99
小川 とく子……154
小川 徳吉……43
小川 直子……154
小川 ノブヨ……43
小川 久子……76
小川 博司……180
小川 真海……189
小川 皆榮……76
沖浦 富士子……34
奥 眞子……74
奥川 琹……177
奥田 多美子……98
奥野 辰一郎……135
奥村 厚子……177
奥村 智宏……177
奥村 弘子……151
奥本 雅子……84
小掠 せつ子……115
小倉 文子……83
尾崎 韶子……76
尾崎 利康……172
尾崎 由香……176
小笹 静子……149
長内 忠幸……36
小澤 純子……180
小澤 ヒロ子……99
押川 稜威郎……76
押川 順子……180
押川 祐造……43
押川 義行……43
小代 歩佳……195
小田 藤子……108
小田 優人……195
小田垣 重利……64
小田嶌 恭葉……148
尾田 昭代……117
越智 建雄……172
越智 文世……73
落合 登美子……76
尾辻 和子……154
尾堂 昭雄……18、93、213
乙守 詩織……195
鬼塚 実菜美……195
小沼 香代子……166
小野 円造……109
小野 朗子……76
小野 俊輔……189
小野 多喜子……99
尾上 ミヨ……56
小野田 佑香……195
小野寺 郁子……48
小野寺 茂子……121
小野寺 ミサヲ……140
小畑 ケサエ……76
尾羽根 孝子……151
尾山 正治……52
折田 スズ……87
恩田 つね……20、50

か

甲斐 彰子……140
甲斐 昭子……180
甲斐 歩奈……189
甲斐 笑子……94
甲斐 キヨミ……88
甲斐 ケサエ……140
甲斐 建次郎……112
甲斐 康一……154
甲斐 シズ子……141
甲斐 関雄……43
甲斐 孝子……41
甲斐 千恵子……121
甲斐 智美……180
甲斐 奈緒美……141
甲斐 徳子……154
甲斐 遥香……189
甲斐 穂乃香……196
甲斐 松子……121
甲斐 真保美……196
甲斐 未来……189
甲斐 泰二郎……57
甲斐 優香……196
甲斐 陸杜……196
海津 武秋……21、63
歌岡 ツユ子……93
加々美 あさ子……135
垣手 亘……43
柿沼 小夜子……33
柿原 和子……152
加来 和江……117
鹿毛 ミチ子……141
笠井 宏子……166
風早 治子……106
風巻 京……84
梶井 航平……196
梶川 實……82
鹿島 里奈……196
鍛治谷 ノブ子……119
梶山 誠次……35
梶山 ゆき……62
梶原 アサエ……139
片岡 冨久子……137
片岡 みち子……34
片上 尚子……172
片桐 イク……70
片田 彩……196
片平 和子……66
片峯 フジ子……54
片柳 陽久……148
片山 雅子……135
片山 美智子……118
勝木 真弓……163
勝地 せつ子……93
勝野 長子……92
葛城 カズヱ……137
加藤 朱音……189
加藤 益子……149
加藤 京子……150
加藤 健二……154
加藤 ひろみ……163
加藤 雅樹……163
加藤 真侑……189
加藤 美恵子……30、151
加藤 友希……163
加藤 洋子……34
門林 美代子……36
金崎 政子……98
金澤 千春……166
金澤 好満……57
金光 ヒロ子……118
鐘ケ江 壽娥子……54
兼子 愛子……150
兼子 光弘……84
金子 光……141
金子 陽子……167
金坂 昭子……63
金武 聖子……71
金丸 スズ子……43
金本 アサヱ……93
金本 三八子……43
狩野 栄子……71

井手 和子……56
井出 正和……56
出田 勝利……56
伊東 トミコ……42
伊東 友紀……194
伊藤 茜……186
伊藤 和子……73
伊藤 勝雄……62
伊藤 君子……39
伊藤 駿平……194
伊藤 末子……64
伊藤 忠平……98
伊藤 利美……108
伊藤 文枝……117
伊藤 マサ子……132
伊藤 美佐子……153
伊藤 美智子……163
井戸川 綾子……179
稲田 陽子……72
稲積 サチ……56
稲富 静雄……100
稲葉 歌子……71
井野 幸子……120
井上 愛美……194
井上 伊八……39
井上 カツ……87
井上 孝子……171
井上 豊彦……41
井上 直子……194
井上 徳子……153
井上 マツエ……138
井上 麻由香……172
井上 美代子……41
井上 裕子……179
井之上 寛……153
猪俣 ミサ子……167
井原 律子……120
今井 節子……93
今浦 冨美惠……65
今川 幹也……51
今城 恒子……116
今村 尚子……180
今村 ミエ子……86
今村 美代治……56
入佐 美智子……120
岩上 カヨ……20、33
岩切 繁子……76
岩切 奈菜……194
岩切 マス……87
岩切 光明……24、76
岩切 令子……42
岩倉 ツヤ……66
岩崎 喜美子……62
岩嵜 貞夫……117
岩﨑 清一郎……133
岩崎 幸親……119
岩下 光頌……171
岩下 卓……108
岩下 辰美……52
岩下 敏之……42
岩下 ミチル……140
岩瀬 文子……33
岩田 愛美……188
岩田 咲子……34
岩田 竜一……194
岩谷 眞……84
岩野 多恵……135
岩元 康江……180
岩本 イクエ……100
岩本 ちずる……152
岩本 遥……188
岩本 優美……148
岩屋 サエ子……120

う

上窪 美枝子……64
上杉 くみ……63
上田 岳……188
上田 君子……66
上田 恵子……73
上田 千鶴子……118
上田 久枝……104
上田 ヒサ子……86
植田 秀樹……153
植田 美代子……116
上野 貞子……135
上野 鷹司……152
上野 忠……108
上野 浩俊……163
上野 光枝……163
上野 由絵……163
上野 れつ子……168
植野 ヨシ子……42
上村 きよ子……84
上村 達也……194
請関 雅一……66
宇治橋 サチ子……100
後小路 百合子……137
碓井 玄……100
臼井 百枝……72
薄衣 美津子……163
臼杵 徳光……140
歌津 初代……76
内川 文造……21、71
内田 銀子……120
内田 高子……71
内田 貞……120
内田 民子……63
内田 久枝……116
内田 房男……140
内竹 節……120
内野 ヒサヨ……39
内野 道夫……176
内原 光子……100
内間 菜里絵……194
内村 千枝子……56
内山 直子……135
海勢頭 幸枝……42
梅崎 嘉明……30、159
梅田 楓唄佳……195
梅谷 キサエ……118
梅野 ハツ子……73
梅野 モモエ……137
梅林 キミ子……93
梅原 嘉子……175
梅基 光枝……114
宇良 宗英……94
浦田 シヅノ……118
占部 来……195
浦松 亜未……195
上森 雪乃……195

え

江頭 裕子……176
江上 定子……177
江川 樹里杏……195
江口 勝一郎……154
江口 君子……121
江越 幸……54
江嶋 貞義……128
江嶋 ムツ子……139
枝本 佐和子……12
越中 正一……13
江藤 多佳子……16
江藤 結衣……18
榎本 道子……3
江端 千枝子……10
江原 和子……13
海老澤 悦子……8
海老原 松雄……5
江本 信哉……19
江本 チトセ……7

お

及川 功……43
老田 千代子……34
大内 京子……82
大内田 昂久……24、56
大江 美典……150
大川 俊昭……39
大木 アヤコ……55
大岸 由起子……38
大草 時子……154
大久保 亜慧……188
大久保 早苗……140
大窪 眞子……83
大隈 マサカ……128
大越 カネ……112
大園 真依……186
大田 栞……195
大田 紹子……83
太田 朱香……186
太田 經子……84
太田 喜代子……24、108
太田 静江……32
太田 セツ……20、92
太田 みのり……186
大高 鐵子……132
大竹 光男……35
大谷 市子……52
大谷 節美……85
大谷 るみ……172
大津 海人……188
大塚 愛子……154
大塚 キヨ子……180
大塚 節子……136
大塚 多恵子……65
大塚 眞男……180

掲載者一覧（数字は掲載ページ）

あ

相澤 あや子……51
相沢 巧一……70
相場 康子……162
相原 繁包……170
栗飯原 幸子……134
栗飯原 禮子……73
青木 和子……39
青田 勝子……82
青山 昌子……179
青山 貢……71
赤池 恵実……193
赤尾 文代……177
赤木 三四子……53
赤澤 果南……186
赤澤 孝……30、153
明石 チエ……20、62
赤松 美代子……21、115
秋月 ふみ子……186
秋葉 節子……62
秋場 忠廣……104
秋元 信明……70
秋山 義延……50
秋吉 喜美代……39
浅川 とみこ……133
朝熊 弘子……87
浅野 和子……33
朝比奈 昇次……52
朝見 文江……33
浅見 真紀……117
浅見 義興……152
阿志賀 俊範……65
芦田 りゑ……62
麻生 トモヱ……151
安達 彩貴……188
穴井 成子……65
穴井 真緒……188
穴井 泰子……139
穴水 鈴子……34
阿南 亜美……193
阿納 キヌエ……53
安倍 アヤ子……42
安部 潤……33
安部 雄貴……193
阿部 サカヱ……37
阿部 誠悦……162
阿部 ツユ子……140
阿部 鉄平……162
阿部 尚子……162
阿部 マキ子……94
阿部 ますみ……171
阿部 律……163
天春 昭良……134
天野 和子……108
天野 敏恵……32
天野 弘枝……149
網谷 梨乃……193
雨宮 さよ子……134
新井 郁子……83
新井 茂男……113
新井 進……113
荒尾 洋一……153
荒川 福美……179
荒家 熊人……86
荒武 尚子……153
荒武 房子……42
荒津 厚子……176
有田 秀子……54
有田 義明……42
有馬 大翔……193
有松 長徳……129
有水 ケイ……42
有村 エツ子……120
阿渡 治子……94
安東 那菜帆……188
安東 瑞稀……188
安藤 サラサ……188
安藤 隆雄……56
安藤 凪咲……188
安藤 芳子……94

い

井 天音……193
飯澤 ハル……20、82
飯澤 富美……70
飯島 とみ子……106
飯干 美恵子……140
飯山 洋子……113
家入 幸雄……108
五十嵐 聖……179
五十嵐 藤輝……168
五十嵐 恵……163
五十嵐 良子……132
猪狩 和弘……140
猪川 正美……172
伊喜利 初子……22、93
生田 カツミ……39
井口 寿子……35
池田 恭子……177
池田 聖子……177
池田 大誠……193
池田 妙子……108
池田 登代美……176
池田 光……193
池永 武史……188
池野 愛子……136
池上 栄子……153
池畑 喜代子……140
池原 將……136
池末 景一……194
伊佐 勉……63
諌元 ヌイ子……119
諌山 佳世……40
井澤 ヨシエ……76
石井 可南……108
石井 夏美……194
石井 久子……62
石井 美奈子……71
石井 八寿江……136
石神 カヲリ……120
石川 かつ江……50
石川 勝巳……105
石川 サダ子……56
石川 志保子……132
石川 辰徳……172
石川 種子……42
石川 ツバコ……70
石川 房子……115
石川 文雄……42
石川 正和……172
石田 蒼衣……188
石田 清三……55
石谷 キミ子……100
石田 進子……16、52、215
石田 文枝……137
石田 満里子……33
伊地知 美月……194
石塚 あかり……152
石鍋 信夫……167
石場 くに子……51
石橋 忠……138
石橋 トシ子……75
石原 すみ子……128
石原 由博……162
石丸 愛実……153
石峯 勝……179
石村 明子……172
石村 翔……172
石本 衛岬丸……194
石本 スマエ……108
石山 和美……83
伊集院 ノリ子……120
伊豆野 照……75
磯野 周子……37
磯部 恵子……170
板垣 優実子……163
板橋 壽子……112
市川 文子……115
市下 宗治……40
市瀬 貴子……176
一政 智子……194
井手 朱莉……194

宮崎県立看護大学
宮崎県立都農高等学校
宮崎市社会福祉協議会
宮崎市社会福祉協議会佐土原支所内佐土原中央デイサービス
宮崎保健福祉専門学校介護福祉課
九州保健福祉大学社会福祉学部
串間市社会福祉協議会市木デイサービスセンター
軽費老人ホーム青島荘
健幸くらぶ万智
幸せホームあすか
浩洋会居宅介護支援事業所
社会福祉法人カリタスの園養護老人ホーム松の寮
社会福祉法人ときわ会特別養護老人ホームひなもり園
社会福祉法人まりあサービス付高齢者向け住宅
社会福祉法人まりあショートステイまりあ
社会福祉法人延岡市社会福祉協議会曽木デイサービスセンター
社会福祉法人柑翔福祉会飛江田デイサービスセンター
社会福祉法人宮崎県社会福祉事業団養護老人ホーム東岳荘
社会福祉法人慶明会ケアハウスサン・グラン
社会福祉法人弘成会鈴山荘デイサービスセンター
社会福祉法人常緑会星空の都みまた
社会福祉法人報謝会ミューズの朝高原デイサービスセンター
社会福祉法人芳生会
住居形老人ホーム黎明荘
住宅型有料老人ホームスマイルハウス
住宅型有料老人ホームなでしこ
住宅型有料老人ホーム香月
住宅型有料老人ホーム宅老所すずらん
住宅型有料老人ホーム椋の木館
住宅型有料老人ホーム老人ホーム美修苑
住宅型有料老人ホーム黎明荘
小規模多機能ホームいきめ
小規模多機能型居宅介護　とみよし
小規模多機能型居宅介護「アミーチェ」
小規模多機能型居宅介護センター美波清武
小規模多機能型居宅介護事業所風見鶏
障がい者支援施設しおみの里
人の話くらぶ佐智
清満宅ろう所
長生園デイサービスセンター
都城市山田養護老人ホーム霧峰園
藤元総合病院通所リハセンター
働くデイサービスセンターほほえみの園
特定非営利活動法人かどがわ・ざわざわ会
特別養護老人ホームゆうゆうの森
特別養護老人ホーム昭寿園サンヒルズ
特別養護老人ホーム大地
日向市社会福祉協議会東郷支所
福祉サービスみちくさ2号館
訪問介護ステーションそれいゆ
門川町社会福祉協議会デイサービス
有料老人ホームえのたけ
有料老人ホームカジタ
有料老人ホームたけしま
有料老人ホームだんらんデイサービスだんらん
有料老人ホームなみしま
有料老人ホームほほえみの街
有料老人ホーム千本桜坂
有料老人ホーム南の郷
有料老人ホーム望山荘デイサービス緑の風
養護老人ホームたちばな荘
養護老人ホームもくせい苑
養護老人ホーム恵老園
養護老人ホーム幸寿園
養護老人ホーム若葉荘
養護老人ホーム静和園
養護老人ホーム八戸清流園
養護老人ホーム福寿園
養護老人ホーム明星園
養護老人ホーム和幸園
老健施設ハッピーライフ高城

台湾
台湾歌壇

熊本県
きのえ田中苑
ケアハウス偕老苑
デイサービスモン・パラン
デイサービス聖和園
ファインテラスせいじの
中央デイサービスセンター
介護老人保健施設サンライズヒル
介護老人保健施設景雅苑
介護老人保健施設樹心台
介護老人保健施設田迎ケアセンター
軽費老人ホーム愛隣荘
社会福祉法人やまなみ会ほっと館
社会福祉法人菊寿会矢筈荘通所介護事業所
通所介護坂本の里一灯苑デイサービスセンター
特別養護老人ホームグリーンヒルみふね
特別養護老人ホームさわらび
特別養護老人ホーム菊香園
特別養護老人ホーム水生苑
特別養護老人ホーム天寿園
養護老人ホーム花へんろ

大分県
すぎた福祉サービスセンター
デイサービスセンター偕生園
医療法人堀田医院介護老人保健施設大樹
介護老人保健施設六和会センテナリアン
社会福祉法人大翔会Greenガーデン富士見が丘
聖陵ストリーム
大分県立大分南高等学校
南海医療センター附属介護老人保健施設
菩提樹デイサービスセンター風と樹々と空と
老人ホーム久住高原南山荘

鹿児島県
ケアハウスみゆき苑
デイサービスセンター鹿屋長寿園
ミニデイサービス瑠璃ちゃん家
ユニット型老健グランアージュデイケア
医療法人寛容会介護老人保健施設さくらんぼ
介護老人保健施設青雲荘通所部
回生園デイサービス
社会医療法人青雲会介護老人保健施設青雲荘
社会福祉法人旭生会旭ヶ丘園
徳之島町社会福祉協議会
特別養護老人ホームつつはの園デイサービスセンター
野田の郷デイサービスセンター

沖縄県
安謝特別養護老人ホーム
介護老人保健施設はまゆう（デイケア）

宮崎県
㈱おいでの里延岡文化村梅の驛
㈲ケアセンターみやこじまデイサービスふるる
㈲介護支援ホームれんげ荘
あおぞらデイサービスセンター
アルテンハイムグジブランド
エスビーチ倶楽部
くまむたケアホーム
グループホーム１０１
グループホームけやき
グループホームさつき
グループホームほほえみの里
ケアハウス・サングラン
ケアハウスれいめい館
ケアホームふじき
ケアホーム和顔愛語
コスモス温泉デイサービスセンター
この気なんの気住吉センター
サービス付高齢者向け住宅あたご（訪問介護事業所あたご）
さくら苑京町デイサービス
シニアレクリエーショントレーニングセンター
シルバーケア野崎
シルバータウンたての２号
スマイルライフ早水の杜
ツクイ宮崎吉村営業所
デイサービスさわやか
デイサービスセンターうしたに
デイサービスセンタークラシヤスむつみ
デイサービスセンターさくらの里
デイサービスセンタービオラ
デイサービスセンターファミリー
デイサービスセンターゆっとねす
デイサービスセンター田野ひまわり
デイサービスふくじゅそう
デイサービスよかとこ鷹尾
デイサービスりんごの里
デイサービスルミナス江田原
デイサービス自由ヶ丘
デイサービス田園いきめ
デイサービス島之内
ハートケアデイサービス早水事業所
ハートケアデイサービス年見町事業所
ふれあいの里デイサービスセンター
ふれあい館
ふれあい地球館ケアハウス岬
ふれあい地球館養護老人ホーム照葉
ミューズの朝栄町
むつみデイサービスセンター
やわらぎデイサービス
リハケアセンター都城
リハビリ特化型デイサービス繋
綾立元診療所デイケアやすらぎ
医療法人久康会通所介護Ｓ－Ｂｅａｃｈ
医療法人隆徳会アライアンス御舟
医療法人隆徳会菜花園通所リハビリ
延岡リハビリテーション病院延リハデイケア
押川病院デイケアやわらぎ
岡田整形外科デイサービスサニーサンデー
介護付有料老人ホームけあらいふ正寿の杜
介護付有料老人ホームミューズの森都島
介護付有料老人ホームライフパーク円か
介護老人保健施設グリーンケア学園木花
介護老人保健施設しあわせの里
介護老人保健施設シエスタ通所リハビリテーション
介護老人保健施設みどりの丘
介護老人保健施設ラポール向洋
介護老人保健施設春草苑
介護老人保健施設青島シルバー苑
介護老人保健施設長寿の里
学校法人日南学園日南看護専門学校
宮元整形外科デイサービス

社会福祉法人弥栄福祉会特別養護老人ホーム弥栄園
社会福祉法人悠生会ケアハウスゆう
障がい者支援施設わらしべ園
摂津ひかり苑

兵庫県
デイサービスセンターいきしま
ふれあいの郷養護老人ホーム
喜楽苑地域ケアセンターあんしん24
社会福祉法人かるべの郷福祉会かるべの郷デイサービスセンター
社会福祉法人きらくえんケアハウスエイールあしや
社会福祉法人楽久園会ケアハウスゆりの荘
社会福祉法人藤寿会ケアハウスやまぶき
通所リハビリテーション清華苑すいすい
特別養護老人ホームくにうみの里
特別養護老人ホーム彩葉
宝塚市社会福祉協議会安倉デイサービスセンター
養護老人ホーム鶴林園

奈良県
デイサービスセンター室生園

和歌山県
ときわ寮川辺園デイサービスセンター
ゆら博愛園デイサービスセンター
介護老人保健施設こすも
特別養護老人ホーム西庄園
養護老人ホーム橘寮

鳥取県
ゆうゆう一番館
介護老人保健施設ひまわり
介護老人保健施設まさたみの郷
老人保健施設セラトピア

島根県
デイサービスMILK富ロングラフ
デイサービス寿生の家
ホームスイートホームきらり
介護老人保健施設さざんか
介護老人保健施設昌寿苑
社会福祉法人かなぎ福祉会緑ヶ丘デイサービスセンター
養護老人ホーム清月の里

岡山県
ケアハウスあかね
ケアハウス上河原
住宅型有料老人ホーム和楽ライフ芳泉
川崎医療短期大学
泉リハビリセンター（老健）
天神介護老人保健施設

広島県
介護老人保健施設かがやき苑
介護老人保健施設リカバリーセンター章仁苑
社会福祉法人広谷福祉会セイフティー信和介護付有料老人ホーム
社会福祉法人桜樹会デイサービスフロンティア
老人保健施設ひこばえ

山口県
ケアタウンフクシア紫苑
介護付き有料老人ホームクローバーハウス
山口市秋穂デイサービスセンター
青海荘デイケアセンター
湯免清風園
特別養護老人ホームセンチュリー21

徳島県
グループホームサムデイ
デイサービスセンター藤の里
永楽荘デイサービスセンター月
社会福祉法人東紅会養護老人ホームヒワサ荘

香川県
介護老人保健施設あやがわ通所リハビリテーション
介護老人保健施設サンライズ屋島
介護老人保健施設五色台
介護老人保健施設瀬戸荘
介護老人保健施設悠々荘
社会福祉法人さぬき養護老人ホームさぬき

愛媛県
くりのみ土居
共生の郷なの花デイサービスセンターアソカ園

高知県
介護老人保健施設仁淀清流苑

福岡県
ケアハウスゆくはし南館
ケアハウス北九州
介護老人保健施設アスピア
介護老人保健施設桜丘（グループホームさくらんぼ）
介護老人保健施設松寿苑
社会福祉法人嘉穂郡社会福祉協会松寿園デイサービスセンター
社会福祉法人香春町社会福祉協議会香泉荘
社会福祉法人水光福祉会水光デイサービスセンター
障がい者支援施設和光苑
地域密着型介護老人福祉施設けんじえん
特別養護老人ホーム亀保の里
特別養護老人ホーム桜花台園
浮羽老人ホーム
盲養護老人ホーム寿光園
容風会おきなの杜デイサービスやりがい文化村
養護老人ホーム愛生苑

佐賀県
ＪＡさがいなほの郷デイサービス
デイサービスセンター敬愛園
社会福祉法人凌友会きんりゅうケアセンター桂寿苑
有料老人ホーム爽風館

長崎県
ケアハウスじゃんがら
デイサービスセンターつばき苑
ろうけん西諫早通所リハビリテーション
介護老人保健施設フォンテ
恵の丘長崎原爆ホーム
社会福祉法人慈愛会特別養護老人ホーム田平ホーム
特別養護老人ホームうんぜんの里
特別養護老人ホームこえばる
特別養護老人ホームゆうゆうの里
特別養護老人ホーム風和の里
養護老人ホーム積徳苑

介護老人保健施設葵の園・江東区
介護老人保健施設多摩すずらん
社会福祉法人敬心福祉会デイ・ホーム千歳
社会福祉法人仁愛会特別養護老人ホーム和泉サナホーム
社会福祉法人聖風会足立新生苑デイサービスセンターはなはた
社会福祉法人聖明福祉協会聖明園曙荘
大田区立特別養護老人ホームたまがわ
町田愛信園
特別養護老人ホームアトリエ村
奉優デイサービス池尻
養護老人ホーム楢の里

神奈川県
横浜市東寺尾地域ケアプラザ
社会福祉法人みずほ特別養護老人ホーム生田まほろば
社会福祉法人横浜長寿会横浜市洋光台地域ケアプラザ
社会福祉法人吉祥会寒川ホーム
社会福祉法人春日会特別養護老人ホーム等々力
相模原ケアハートガーデングループホームあじさい

新潟県
介護老人保健施設さくら苑
社会福祉法人苗場福祉会みさと苑デイサービスセンター
特別養護老人ホームこしじの里

富山県
ケアハウス伏木万葉の里
ツクイ富山萩原
社会福祉法人中新川福祉会特別養護老人ホームふなはし荘
梨雲苑ゆうゆうデイサービスセンター

石川県
介護老人保健施設山中温泉しらさぎ苑
特別養護老人ホーム宝達苑
盲養護老人ホーム自生園

福井県
介護老人保健施設ナイスケア木村

山梨県
軽費老人ホームあやめの里
笛吹荘デイサービスセンター
特別養護老人ホーム快晴苑
特別養護老人ホーム桜井寮
特別養護老人ホーム笛吹荘

長野県
㈱ケアネットデイサービスセンター長野第一
グリーンヒルデイサービスセンター
コスモス苑
デイサービスセンターおらの家白馬
デイサービスセンターきたみまき
安心生活支援こごみ宅老所あすなろ
円会センテナリアン
介護老人保健施設安曇野メディア
介護老人保健施設白馬メディア
社会福祉法人阿智村社会福祉協議会特別養護老人ホーム阿智荘
社会福祉法人御代田町社会福祉協議会ハートピアみよたデイサービス
浅科デイサービスセンター
木島平村社会福祉協議会　認知症対応型通所介護事業所（ひなたぼっこ）

岐阜県
郡上市社会福祉協議会高鷲デイサービスセンター
社会福祉法人サンライフ地域密着型特定入居者生活介護ジョイフル新那加
社会福祉法人すこやか館老人デイサービスセンター
社会福祉法人敬天会介護老人福祉施設アットホームしろとり
小規模多機能型ホームりんどう
特別養護老人ホームラック
特別養護老人ホームりんどう
博愛長寿苑美濃里
養護老人ホームジョイフル羽島

静岡県
ケアハウス岡宮グリーンヒル
デイサービスセンター嘉響
池新田デイサービスセンター
養護老人ホームぎんもくせい

愛知県
ケアハウスヴィラ額田
ケアハウスかなだ
ケアハウスシーダーヒルズ
ケアハウス陽だまりの里
医療法人豊和会介護老人保健施設さなげ
社会福祉法人ユーアンドアイ　デイサービスセンター美合315
同朋大学
養護老人ホームしろやま

三重県
医療法人普照会介護老人保健施設さくらの森
社会福祉法人いがほくぶ彩四季
社会福祉法人慈幸会特別養護老人ホームすいせんの里
通所リハビリテーション山咲苑
特別養護老人ホーム第3はなの里
養護老人ホーム桑名市清風園

滋賀県
デイサービスセンター千寿の郷
ふじの里デイサービスセンター
済生会介護老人保健施設ケアポート栗東
社会福祉法人真寿会リハビリセンターあゆみ通所リハビリテーション

京都府
高齢者福祉施設柴野
高齢者福祉施設本能老人デイサービスセンター
紫野老人デイサービスセンター
社会福祉法人アイリス福祉会ケアハウス白百合苑
社会福祉法人みつみ福祉会サポートハウスけいあい

大阪府
（福）大阪自彊館今宮デイサービスセンター
ケアハウスシャルム出屋敷
社会福祉法人キリスト教ミード社会館ミード愛ホーム
社会福祉法人大恵会デイサービスセンターいなば荘
社会福祉法人東光学園特別養護老人ホームふれ愛の家

応募施設一覧

北海道
住宅型有料老人ホームCoCo元町弐番館
美瑛町老人保健施設ほの香

青森県
ケア・ガーデン青森
ニューライフ芙蓉
特別養護老人ホームせせらぎ荘

岩手県
八天の里デイサービスセンター

宮城県
せんだんの杜ものうケアハウスフェリカ
介護老人保健施設泉翔の里
特別養護老人ホームチアフル岩沼

秋田県
ケアセンターいなかわデイサービスセンター
デイサービスセンターコスモス
介護老人保健施設三楽園
介護老人保健施設山盛苑
男鹿市中央デイサービスセンター
男鹿市北部デイサービスセンターひばり園
老人保健施設くらかけの里

山形県
グループホームひだまりの家
ケアハウスサンハイツ酒田
サテライト老健のぞみ
のぞみの園
医療法人社団みつわ会ケアプランセンターひだまり
医療法人社団みつわ会障がい者支援ホームのぞみの家
特別養護老人ホームおばなざわ
特別養護老人ホームみずほの里

福島県
介護老人保健施設「憩の森」通所リハビリテーション
介護老人保健施設ケアタウンひまわり
介護老人保健施設紫泉の里
介護老人保健施設長生院
軽費老人ホーム悠々の里
社会医療法人秀公会介護老人保健施設ケアフォーラムあづま
長生院
老人保健施設にじのまち通所リハビリテーション

茨城県
つくばケアセンター
医療法人社団栄進会介護老人保健施設笠間シルバーケアセンターパル
医療法人社団白峰会介護老人保健施設しろかね
介護老人保健施設つねずみ
介護老人保健施設プレミエール元気館
介護老人保健施設大宮フロイデハイム
軽費老人ホーム豊浦の郷
社会福祉法人克仁会恵苑

栃木県
グループホーム城下庵
ケアハウスもちが丘
介護老人保健施設あそヘルホス
介護老人保健施設つむぎの郷
介護老人保健施設もてぎの森うごうだ城
介護老人保健施設晃南

群馬県
介護付有料老人ホーム山王レジデンス
介護老人保健施設アルボース
介護老人保健施設いずみの里
介護老人保健施設からたちの丘
宮城の里デイサービスセンター
社会福祉法人永光会清流の郷
社会福祉法人希望館ケアハウスホープヒルズ
沼田市社会福祉協議会デイサービスぬまた
特別養護老人ホームルネス前橋
特別養護老人ホームルネス二之沢
養護盲老人ホーム明光園

埼玉県
ケアハウスあかつき
チェリーヒルズ北本
軽費老人ホーム柏苑
社会福祉法人みなの福祉会悠う湯ホームケアハウス
社会福祉法人武蔵野ユートピアダイアナデイサービスセンター
社会福祉法人和光福祉会ケアハウス桜の里
特別養護老人ホーム和楽苑

千葉県
ケアハウスヴィラ梨香園
ケアハウスはつらつ浜野
ケアハウスまんぼう
ケアハウス向日葵
ケアハウス誉田園
デイサービスセンター向日葵
デイサービスセンター東総あやめ苑
医療法人社団桔梗会介護老人保健施設松尾リハビリ苑
介護老人福祉施設両総
介護老人保健施設クレイン
介護老人保健施設はつらつリハビリセンター
軽費老人ホームケアハウス誉田園
軽費老人ホームよしきり
社会福祉法人かずさ萬燈会ケアハウスかがやきの郷
社会福祉法人さつき会つつじ苑特別養護老人ホームつつじ苑
船橋市朋松苑デイサービスセンター
特別養護老人ホームグリーンヒル
野田ライフケアセンター

東京都
デイサービスいでしたの木もれ日
デイサービスセンター不老の郷
介護老人保健施設いずみ

老いて歌おう　２０１８　全国版第17集

平成三十（二〇一八）年十二月十三日発行

企　画　社会福祉法人　宮崎県社会福祉協議会
〒880－8515　宮崎市原町２－22
宮崎県福祉総合センター内
電話　０９８５－31－９６３０

編　集　伊藤一彦

編集協力　シルバーケア短歌会「空の会」

発行所　鉱脈社
〒880－8551　宮崎市田代町二六三番地
電話　０９８５－25－１７５８

印刷製本　有限会社鉱脈社